Johán Valano

ĈU LI BREMSIS SUFIĈE?

Johán Valano estas pseŭdonimo de Claude Piron, kiu naskiĝis la 26-an de februaro 1931 en Namuro, Belgio. Li lernis Esperanton izole en 1942 kaj uzis ĝin komence en privata taglibro kaj kiel sekretan lingvon kun unu el siaj fratoj. Nur ĉirkaŭ 1946 li ekkonis la pli grandan Esperantan mondon.

Diplomite de la Interpretista Lernejo de Ĝeneva Universitato, li laboris de 1956 ĝis 1961 kiel tradukisto kaj protokolisto ĉe la Unuiĝintaj Nacioj en Novjorko, kaj de 1961 ĝis 1969 por Monda Organizaĵo pri Sano diversloke en la mondo.

Trejnite kiel psikanalizisto kaj psikoterapiisto, li komencis praktiki psikoterapion en 1969 en la ĝeneva regiono, kaj li instruis en la Psikologia kaj Edukscienca Fako de Ĝeneva Universitato de 1973 ĝis sia emeritiĝo en 1994.

En Esperanto li verkis poemaron, krim-romanojn kaj -novelojn, kurson pri psikologio, rakontojn por lernantoj, kaj la furoran libron La bona lingvo, *en kiu li klarigis siajn ideojn pri Esperanto.*

En la franca kaj aliaj naciaj lingvoj li verkis pri psikologiaj temoj kaj pri internacia kaj interkultura komunikado, interalie en sia libro Le défi des langues.

Claude Piron mortis la 22-an de januaro 2008 en Gland, Svislando.

★

Johán Valano

ĈU LI BREMSIS SUFIĈE?

KRIMROMANO

ESPERANTO-ASOCIO DE BRITIO

2022

Johán Valano = Claude Piron (1931–2008).
Ĉu li bremsis sufiĉe?
Krimromano.

© 1978, 1979 Claude Piron

Tria eldono.
Esperanto-Asocio de Britio.
Barlastono, 2022.

Editoris Edmund Grimley Evans. La kovrilon kreis
Przemysław Wierzbowski.

ISBN 978-0-902756-43-4

1

Stefano rigardis la tegmentojn, sorĉata de la beleco de l' loko. ‹Simfonio el tegoloj›, li pensis admire. De tie supre, oni vidis la tutan urbeton, juvelon savitan el la tempo, kiam la homoj sciis harmonie konstrui.

Kvankam, verdire, la monto ne estis tre alta, ĝi ebligis plaĉan birdvidon al la tuta regiono. Stefano okule laŭiris la fluon de Mikva, de ties elmonta apero ĝis la kunfluejo kun Tjazo, kaj li sentis kvazaŭ dankan korvarmon al la prauloj kiuj sukcesis tiel arte ĝin ornami per juvelaj ŝtonpontoj.

Rigardante de supre, oni komprenis la obstinan reziston de la malnovaj loĝantoj al la projekto krei laŭ la rivero larĝan ŝoseon por la aŭta trafiko. Realigi ĝin estus blasfemi kontraŭ multjarcenta disvolviĝo, en kiun miloj da homoj metis nekalkuleblan kvanton da ama laboro, arda kaj arta.

Stefano turnis la rigardon dekstren. Trans Tjazo nun staris ampleksa nova kvartalo, al kies domkuboj personeco mankis. ‹Povus esti ie ajn›, li murmuris al si, kaj gratulis sian sorton ke li trovis ĉambron en la malnova parto de la urbo. Malpli luma, certe, iom malpli komforta, eble, sed tiom pli homa!

La modernan loĝkubaron disduigis larĝa vojo, kondukanta foren al la Minejo. Ekde kiam – antaŭ eble dek kvin jaroj – oni malkovris ercon, la vivo de la regiono ŝanĝiĝis. Por eltiri la minaĵon, oni venigis laboristojn el ekstere, ĉefe siciliajn kaj albanajn, kiuj nuancis la urbon per sia speciala, propra etoso. Neniu precize sciis de kie venas tiuj albanoj, sed Stefano duonkomprenis ke ili fuĝis el la komunista reĝimo Greklandon, de kie ili dungiĝis por la ĉi-tiea minejo.

La okuloj de la junulo revenis al la riverbordo, iom sekvis la arĝentan rubandon de Tjazo, haltis sekundeton ĉe la malnova preĝejo Sankta-Valtero, kaj laŭiris la vojon kiu kondukas al Monto Baruna. Li provis vidi la garaĝon kie li laboras, sed ne sukcesis, kvankam la fakto ke tiu konstruaĵo staras iom izolite, ekster la urbo mem, devus faciligi ĝian trovon. Tamen, je tia distanco, ne estis mirige ĝin maltrafi.

«Kia fabela vidaĵo!» juna virina voĉo eksonis apude. Stefano turnis sin. Kvinopo da turistoj, spiregantaj pro la kruta vojo, alvenis kun videbla intenco ekstaziĝi. La junulo respondis ridete al ilia rideto, kaj cedis al ili la lokon. Bruaj voĉoj ĝenas ĝuan kontempladon, kaj li cetere jam satigis sian deziron admiri. Li ekpaŝis malsupren.

‹Plaĉa urbeto, Valmu›, li al si flustris desuprante laŭ malglata vojeto. Kaj la voĉo de Leŭtenanto Remon resonis en lia memoro: ‹Valmu plaĉos al vi, estas urbo laŭ homa mezuro.› Tiklis lian memestimon la konfidenca komisio kiu lin venigis tien ĉi. Li jam kelkfoje helpis sian onklon, polican detektivon Janon Karal, en tiu aŭ alia enketo, sed neniam oficiale. Ĉi-foje la leŭtenanto mem lin petis kunlabori.

«Ni bezonas iun, kiun neniu suspektos pri polica kontakto,» Remon tiun tagon diris, «kaj via onklo klarigis al mi ke vi ŝatus labori en garaĝo dum la ferioj. Mi povas havigi al vi meĥanikistan laboron en garaĝo kiu situas strategie por enketo, se vi konsentos diskrete kolekti por ni informojn. Temas pri anonimaj leteroj sendataj al fama loka arkitekto. La mastro de tiu garaĝo estas amiko de li...»

Fierige, ĉu ne? Sed se facile estas paroli, konkrete kolekti informojn montriĝas malpli glata afero. Ĝis nun Stefano eksciis eĉ ne unu menciindan fakton. Jes ja, li multon aŭdis pri la urbetaj konfliktoj, la politika rolo de la arkitekto, kelkaj liaj malamikoj. Sed ĉu ion tian deziras la leŭtenanto? La junulo antaŭtimis la tagon, kiam li devos raporti.

La suroj doloris dum li fine haltis por iom spiri piede de la monto. Refreŝiga trinko sentiĝis nepre havinda. Li iris al Granda Placo, kie pluraj trotuaraj kafejoj konkure invitis al plaĉa sensoifigo.

Svarmis turistoj, sed ne tiuj interesis Stefanon. Li plezure rimarkis tablon ĉirkaŭitan de rondo el malnovaj Valmuanoj fordonitaj al seriozkapa diskutado. Li eksidis apude.

Ju pli li rigardis, des pli lin frapis la streĉiteco de l' vizaĝoj. Ne tiel aspektas kutime aro da urbetanoj dum suna dimanĉa posttagmezo. La Valmuanoj estas famaj pro sia gajeco, kaj similaj tragikaj esprimoj en grandplaca kafejo nepre signis ion nenormalan. Stefano streĉis la atenton.

«Mi konas plurajn kiuj ĝojos pri ĝi», unu estis diranta.

«Tiuj el Vinstrato?» demandis alia.

«Tiuj kaj aliaj. La popolo ne ŝatas lian projekton. Ĝi tute fuŝus la urban etoson», la unua respondis.

«Sed la projekto plu ekzistas, eĉ se li mortis», intervenis tria.

«Mi dubas ĉu liaj partianoj kuraĝos daŭrigi. Necesis lia forta personeco por konvinki kaj por ĉion organizi», diris la unue parolinta.

Stefano aŭskultis pli kaj pli streĉe. Ĉiu sinsekva komento alportis novajn detalojn. Fine, el tiu konversacio nur unu konkludo eblis: ke ĵus mortis Aleksandro Jendrik, la arkitekto respondeca pri la projekto konstrui larĝan aŭtoŝoseon laŭ Mikva. Ĝuste pri tiu sama gravulo Leŭtenanto Remon petis Stefanon enketi...

Sed la sekvo tremigis la junulon. Li estis proksimiginta sian seĝon kaj nun ĉion bone aŭdis. La disaj frazoj trafis lin kiel puzleroj, kiujn lia menso klasis interrilatige. Tiel li eksciis ke Jendrik mortis pro aŭtoakcidento montvoja la antaŭan nokton. Lia veturilo ial forlasis la vojon, falis de alte kaj komplete brulis.

Per si mem tio estis jam impresa. Sed por Stefano la afero des pli seriozis ke la fama arkitekto ĵus lasis la aŭton en lia garaĝo por ordinara prizorgado! Kaj ĉiuj konis lin kiel bonegan stiranton, perfekte konantan ĉiujn vojojn de la regiono. Kiel tia homo povis devojiĝi per aŭto ĵus kontrolita garaĝe? Ĉu okazis io fuŝa? Io rilata kun la anonimaj minacoj?

2

«Jen kiel mi rekunmetis la okazaĵojn», polica detektivo Jano Karal klarigis al Leŭtenanto Remon – ili sidis en la Centra Policejo de la regiona ĉefurbo, Valĉefa, 37 kilometrojn for de Valmu – «laŭ la detaloj havigitaj al mi de mia nevo Stefano kaj kompletigitaj de la loka polico. Parenteze, mi ne menciis al ĉi-lasta Stefanon kaj la anonimaĵojn. Jendrik ja rekte venis al vi ĉar li ne ŝatis ke la valmua polico sciu pri tiuj, ĉu ne? Vi do...»

«Tion ni vidos poste,» interrompis Remon, «unue rakontu pri la akcidento.»

«Kiel vi volas. Nu, sabaton matene. Aleksandro Jendrik kondukis sian aŭton al Ejga-Garaĝo por regulaj kontrolo kaj prizorgado. Estis aranĝite ke li venos vespere repreni ĝin. Li menciis ke li bezonos ĝin por nokta rendevuo en unu el la lignodometoj supre de Monto Baruna.»

«Nokta rendevuo tie supre? Stranga afero», ekmiris la leŭtenanto.

«Efektive», Karal respondis, «ĉiuj surpriziĝis pri lia senemocia diro tiurilate, sed neniu aŭdacis fari demandojn. La laboro do efektiviĝis, senprobleme.»

«Ĉu ili faris ian specialan riparon?»

«Tute ne. Ĉio estis en ordo. La laborejestro provis mem la aŭton kelkminute veturante, kiel li ĉiufoje faras en tia servado.

Vespere je la naŭa proksimume Jendrik venis kaj oni redonis al li la veturilon. Li estis kun la edzino. Ili ambaŭ foriris en ĝi. La garaĝo situas ekster Valmu, preskaŭ komence de la almonta vojo, kaj tiun vojon ili iris.»

«Kie okazis la akcidento?»

«Inter Eta kaj Granda Barunaj. Ĉu vi memoras kie okazis tiu ŝton- kaj terfalo antaŭ unu monato? Nu, post tio estas ankoraŭ eble ses aŭ sep harpinglaj ĝirejoj, kaj tiam la vojo plonĝas malsupren laŭ forta deklivo, formante komence relative longan rektan linion. Tio estas la parto kiam oni desupras de Eta Baruna antaŭ ol komenci la grimpadon sur Granda Baruna. Nu, la ĝirejon fine de tiu rekta linio la veturilo misis kaj ĝi falis frakasiĝe.»

«Ĉu iu vidis la akcidenton?»

«Ne, malmultaj tie veturas nokte. Sed la spuroj ebligis kompreni kio okazis.»

«Kiam oni eksciis pri la katastrofo?»

«Dimanĉon matene. Grupo da junuloj, ekskursante supren laŭ la piedvojetoj, ekvidis renversitan aŭton, komplete karbigitan, kiu ankoraŭ odoraĉis je brulo. Ili alproksimiĝis kaj vidis ke ĝi enhavas mortintojn. Ili iris al la ŝoseo, aŭton haltigis kaj petis venigi policon. Komenca enketo rivelis ke la aŭto apartenas al Aleksandro Jendrik. Identigo jam estas farita dank' al rapidega kunlaboro de lia dentisto, kiu konfirmis, komparante la dentaron kun siaj slipoj, ke nedubende temas pri la arkitekto kaj ties edzino.»

«Ĉu li estis drinkinta?»

«Preskaŭ certe ne. La nekropsio verŝajne konfirmos. La aŭtohorloĝo rompiĝis je la 9-a kaj 33 minutoj. Nu, oni bezonas proksimume duonhoron por iri de Ejga-Garaĝo al la akcidentloko.

Krome, la garaĝo estas la lasta konstruaĵo tiudirekte: post la du kruciĝoj kun la vojoj al Gorna kaj al Larĝamur, la vojo tuj komencas grimpi tra arbaro. La meĥanikisto kiu redonis la aŭton diras ke Jendrik estis tute klarmensa. Li ne havis okazon trinki alkoholaĵon intertempe.»

«Kia aŭtisto li estis?»

«Bonega, longasperta. Kaj li parkere konis ĉiujn zigzagojn de la valmua montaro.»

«Kiom li aĝis?»

«Kvindek tri jarojn. Ĉu vi pensas pri sanproblemo?»

«Jes. Korkrizo, cerbovaskula rompo, komato diabeta... estas multaj eblecoj.»

«Efektive. Mi ne scias precize kiom nekropsio ebligas malkovri ĉe korpo tiel bruligita, sed ĉiuj tiuj komprenelbe estos esplorataj, ankaŭ per rilato kun la kuracisto de s-ro Jendrik.»

«Ĉu povus esti malzorgo de la garaĝa meĥanikisto? Ĉu eblus ke li ion fuŝis?»

«Mi ege dubas. Des pli ĉar la laborejestro mem kontrolis la veturilon stirante.»

«Se ne agis ia malsana stato, ni necese alvenos al konkludoj pli nigraĉaj.»

«Kongruaj kun la leteroj, ĉu ne?»

«Jes. Ĉu povas esti hazardo ke la ricevanto de anonimaj leteroj mortis en tiel strangaj cirkonstancoj, survoje al tiel stranga rendevuo?»

«Stefano pensas simile, kaj ankaŭ mi. Pro tiuj leteroj krimo aperas pli verŝajna. Sed kiumetoda?»

«Meĥanika intenca fuŝo estas plej probabla. Kion alian oni povus elekti? Ĉu toksadon per produkto kiu post difinita tempo kaŭzas senkonsciiĝon aŭ paralizon? Tio ŝajnas...»

Telefontintado interrompis la leŭtenanton. Kiam, post mallonga fraz-interŝanĝo, li remetis la aŭskultilon, lia vizaĝo plej severis.

«Krimo», li basvoĉis. «Jen oni informas min ke la aŭtorestaĵo eksplodis dumnokte. Ne povis okazi nature. Iu intence dissplitis la jam fajrororditan veturilon por malhelpi fakulajn konkludojn. La loka polico sentas sin iom kulpa ke ĝi ne gardis la aŭton, sed tion oni ne povus postuli de ĝi, ĉu? Ili estas malmultaj en Valmu, kaj la afero tamen ege similis al ordinara akcidento.»

«Des pli ĉar ili ne sciis pri la anonimaĵoj», Karal aldonis.

«Prave. Kiel dubi nun ke temas pri meĥanika sabotado? Vi iros tien, Jano. Kaj ankaŭ la aŭtofakulo, kiun oni ne povis kontakti hieraŭ ĉar estis dimanĉo kaj li ne troviĝis hejme.»

3

La loka policisto direktis al Karal paron da tre bluaj okuloj. Li ŝajnis apenaŭ dekokjara, sed probable aĝis almenaŭ dek jarojn pli. Io tre freŝa en la roza haŭto, la mallongaj blondaj haroj, la rekta, memcerta sinteno de viro konscia pri siaj alta kresko kaj larĝaj ŝultroj kvazaŭ disradiis la mesaĝon: ‹jen mi estas: prava, ĉampiono, kaj kun aŭtoritato›.

«Aleksandro Jendrik estis amata kaj malamata», li diris enigme.

«De kiuj?» Jano Karal demandis.

«Amata de unu duonurbo, malamata de la alia duono. Valmu dividiĝas en du politikajn opiniojn. Duono de la loĝantaro estas konservativa, duono socialista. La rezultojn de l' voĉdonoj fakte decidas kelkaj hezitemaj elektantoj.»

«Kaj kie situis Jendrik?»

«Ne diru simple: Jendrik. Estas du fratoj. Aleksandro estas konservativa kaj volas nenion konservi. Jankarlo estas kontraŭkonservativulo kaj volas ĉion konservi. La sloganoj de Aleksandro estas: futuro, progreso, modernigi. Li estis elektita en la Urban Estraron. Jankarlo, male, estas socialisto kiu batalas por ke Valmu konservu ĉiun el siaj malnovaj ŝtonoj, en kiuj, laŭ li, kuŝas ĝia ĉarmo. Ankaŭ li estas arkitekto. Li sidas en la Komunuma Konsilantaro, sed ne en la Estraro.»

«Ili do rivalas?»

«Akre. Aleksandron Jendrik subtenas la homoj kaj firmaoj kun kapitalo, grandparte personoj venintaj de aliloke. Jankarlon favoras la neriĉuloj, homoj kiuj sentas sin ‹aŭtentaj valmuanoj›, tre korligitaj al la kadro ĉi-urba. Ĉu vi jam vidis jenan afiŝon?»

Li prenis el tirkesto paperon sur kiu legiĝis grandlitere: *Vinstrato ne volas morti*. Jano streĉiĝis. Li ekmemoris la anonimajn leterojn senditajn al Aleksandro Jendrik. Unu tekstis: «Vinstrato ne volas morti», alia: «Vinstrato ne mortos», tria: «Vi mortos pli frue ol ĝi».

«Kio estas Vinstrato?» Karal scivolis.

«Strato laŭlonge de Mikva. Laŭ projekto de Aleksandro Jendrik, oni detruus tutan flankon de la strato por fari larĝan ŝoseon. Tio indignigis la stratanojn, kaj ili organizis kampanjon kontraŭ la projekto, kun la helpo de Jankarlo. Ili sentas – pardonu, sentis – al Aleksandro teruran malamon, kvazaŭ tiu volus ruinigi ilian vivon, detrui ilian animon, atenci ion sanktan.»

«Ĉu la fratoj ege malamis sin reciproke?»

«Ne. Ili fakte bone rilatis. Mi pensas ke ili estimis unu la alian. La rivaleco estis politika kaj profesia, tute ne persona.»

«Kaj la virinoj?»

«La edzinoj estis longatempe bonegaj amikinoj. Oni tre ofte vidis ilin kune. Ekzemple, ili kune sekvis kurson pri meĥaniko organizitan de la Klubo Aŭtomobila. Ili eĉ provis aranĝi tian kurson speciale por virinoj, laŭ la principo: ‹virinoj multe uzas aŭtojn nun, ili devas scii pli pri meĥaniko›, sed ili ne sukcesis varbi sufiĉe da inaj amatoroj. Tamen, jam eble unu jaron la du edzinoj ne plu multe interrilatas, kvazaŭ iu streĉo intervenis inter ili. Mi ne scias kial.»

«Kaj ĉu vi havas ideon pri la ama vivo de tiuj du paroj?»

«Neniun. Laŭaspekte, ĉiu formas fidelan paron. Sed kompreneble tiaj homoj, se ili devojiĝas de la rekta edzeca linio, tion faras plej diskrete.»

«Nun pri la katastrofo mem, kion vi povas diri al mi?»

«Pri la eksplodo bedaŭrinde nenion. Ni enketis vane. Neniu spuro. Neniu vidinto. Plasta eksplodaĵo lokita en la regiono de la bremsa regsistemo, laŭ niaj deduktoj. Domaĝe ke ni ne venigis aŭtofakulon antaŭe, aŭ ne gardostaris. La fakulo nun ne plu trovos ion ajn gravan.»

«Kaj pri la akcidento?»

«Tiu akcidento estas tre stranga. Ne pro la loko. Ni policistoj jam plurfoje atentigis la aŭtoritatojn ke tiu loko estas danĝera. La kurbo tro akutas post tiel forta rekta deklivo. Tamen ĝis nun nenio serioza okazis, ĉar estas malmulte da trafiko. Okazis malgravaj devojiĝoj. Junulo foje vundiĝis kolizie kun arbo. Sed por fali abismen kiel Aleksandro Jendrik, necesis pli ol devojiĝo, necesis veturi kelkajn metrojn plu en la veprejo sen povi haltigi la aŭton.»

«Kio impresas vin kiel plej stranga en ĉi tiu afero?»

«Nu, estis bonega stiranto. Li ne drinkis. Li estis, kiom ni scias, sana. Li perfekte konis tiujn vojojn. Kaj la aŭto ĵus estis kontrolita en la garaĝo kiu servis lin dum jaroj kaj jaroj, kaj ĉiam kontentigis lin.»

«Kia estas la reputacio de tiu garaĝo?»

«Senmakula. Kompetentaj laboristoj, bona organizo, taŭga kontrolo de ĉio necesa.»

«Kio estas la opinio de viaj kolegoj kaj de vi pri la katastrofo?»

«Fakte, se oni konsideras ĉiujn elementojn, restas nur unu ebleco: iu sabotis la bremsojn. Ne eblas ĝuste ĝiri tie sen forte bremsi fine de l' deklivo. Kun nefunkciantaj bremsoj li povis nur forflugi elvoje.»

«Sed ĉu li povis atingi tiun lokon ne bremsinte eĉ unu fojon?»

«Ne, antaŭ ol atingi la montovojon, li dufoje trairis pli gravajn vojojn, kaj ĉe ambaŭ interkruciĝoj estas <halt>-signalo, kie li nepre devis bremsi. Sed poste la vojo konstante serpentas supren sufiĉe deklive, kaj eĉ ĉe harpinglaj ĝirejoj sufiĉas malakceli.»

«Interese... Nu, mia enketo videble devas komenciĝi en la garaĝo. Mi tien iros. Dankon pro la multaj informoj.»

Kaj Karal eliris el la policejo.

4

La polica detektivo ne deziris iri tuj al la garaĝo. Li bezonis promeni en la urbo, sorbi ties etoson, antaŭ ol transiri al punktoj pli konkretaj.

Trankvile paŝante, li ekmiris pri tio ke Valmuon li tiel malbone konas. Ĝi situas ne malproksime de Valĉefa, kie li loĝas kaj kutime dejoras, kaj estas bela loko, piede de plaĉa arbokovrita montaro. Tamen, kvankam li kelkfoje ekskursis por tago en Valmu, aŭ tie iun vizitis, li neniam restadis en ĝi, kaj lokon oni vere konas nur se oni en ĝi vivas kelkan tempon.

La lumo estis belega. Plaĉa venteto forprenis la troon da varmo kiun sen ĝi sentigus tiu unua semajno de septembro. Estis agrable laŭiri la stratojn sencele.

Li alvenis Grandan Placon. Pulsis tie vigla vivo. La trotuaroj estis plenaj je homoj, jen starantaj, jen rapidantaj, jen irantaj de restoracio al alia zorge studante la menuojn afiŝitajn ekstere. Multaj homfluoj interkruciĝis ĉi tie: turista, dungitula, lernejana, kune kun tiu de la kamparanoj kiuj venis urben kaj atendas aŭtobuson por rehejmiĝi aŭ trinkas lastan aperitivon en trotuarkafejo antaŭ ol reaŭti vilaĝen.

La turistaj grupoj konscience ekzamenantaj la menuojn pensigis Janon pri la horo. Estis tempo tagmanĝi. Sed turista restoracio lin ne logis. Li decidis serĉi ejon vizitatan de lokanoj, malmultekostan establon, kie ĉiu babilas kun ĉiu, kaj la voĉon ne kontrolas.

La malnova kvartalo laŭlonge de Mikva certe respondas al tiu deziro. Ĉu eble Vinstrato pravigos sian nomon per plaĉa vinlivero? Li tien iris.

Je la barél da vino anoncis ŝildo kun malnovstilaj literoj kaj dialekta supersigna skribo tipa pri la Sankta Valo de Tjazo. La loko plenis je bruo, homoj, kaj peza odoro, en kiu cigaredfumo miksiĝis kun frandaj naztiklaĵoj. Kiam Karal eniris, la konversacioj dumsekunde haltis, dum ĉiu rigardis la alvenanton, sed tuj poste la langoj rekomencis funkcii.

Ĉe neniu tablo troviĝis libera sidloko. Kelnerino rapidanta kun akrobata strukturo el fumantaj teleroj kaj pladoj iel trovis sufiĉe da spiro por flustri: «Vi devos atendi, sidu bufede.» Karal obeis kaj mendis aperitivon.

Sur la alta sendorsa seĝo apud li sidis maljunuleto, kiu videble jam trinkis pli ol unu glason. Li levis la nunan laŭ «je-via-sano»-gesto kaj ridetis al Karal bonvenige.

«Vinstrato ne pretas morti», ĉi-lasta diris kapmontrante la plenplenan ejon.

«Ne plu stas danĝero nun», dialektis la maljunuleto kun signifoplena esprimo.

«Ĉiuj tion diras», respondis Jano, «sed tamen estas dube. Ĉu vere la projekto povis tiagrade dependi de ununura persono?»

«Vi ne estas el Valmu, ĉu?» supozis la alia. «Tial vi ne povas kompreni la potencon de la granda Jendrik. Multaj sekvis lin, sed nur sekvis. Dum li estis tie, ili voĉdonis ĉion ajn por plaĉi al li kaj tiri la profitojn. Sed sen li mankos la energio kaj iniciatemo. Ili ne kuraĝos fronti la popolon. Ili estas hordo da lupoj, atakas morde-murde nur se la plej sovaĝa montras la viktimon. Sen ĉefo ili penos forgesigi sin.»

«Ĉu multaj ion perdos pro lia morto?»

«Multaj, nemultaj, kiel scii? Ĉiaspecaj entreprenistoj, havigistoj, industriistoj – la tuta ‹Respubliko de la gajaj sambanuloj›, kiel ni nomas ilin – ...»

«*Sambanuloj?*» mire interrompis Karal.

«Valmua esprimo, verŝajne. La popolo ilin tiel nomas, ĉar ili sin *banas* en la *sama* malpura akvo, t.e., profitas el la samaj dubhonestaj entreprenoj...»

«Kaj nun, Jendrik forpasis. Ege maloportuna morto, por tiu ‹Respubliko›, ĉu ne?»

«Jes, stranga. Ĉiu stas ŝokfrapita ĉi-kvartale. Ĝi tiom similas krimon! Kaj oni tiom fanfaronis ke li morton meritas! Multaj timas ke oni ilin kulpigos.»

«Ĉu vere oni publike parolis pri lin murdi?» Jano demandis streĉe, nekonscie uzante la postprepozician infinitivon tipan pri sanktavala dialekto.

«Ho jes! Sed neniu prenis tion serioze, eĉ kiam elokventis la dika Julio Safir, la drogisto, la plej ekscitita el la kvartalo. Li kondutis kvazaŭ li dirus: ‹Tenu min, tenu min, aŭ mi faros katastrofon!›, sed ĉiuj sciis ke li ne kuraĝus fari ion pli ol malfermadi la faŭkegon fanfarone. Mi ne povas kredi ke iu el la ReVaanoj implikiĝis.»

«Revaanoj? Kio estas revaano?»

«Ĉu vi ne scias? Ano de la organizo *Respekti Valmuon*, aŭ, laŭ la komencsilaboj, *ReVa*. Bando de loĝantoj el Vinstrato formis tiun grupon por defendi la belecon de nia urbo. Estas ili kiuj presigis la afiŝojn *Vinstrato ne volas morti*. Ili kunvenas, paroladas, organizas, sed mi dubas ĉu ili estus povintaj atingi ion ajn, se ne okazus oportune la akcidento.»

«Kial ili ne kapablus sukcesi?»

«Vi konas la specon. Oni kunvenas por frandi kaj drinki, oni vortas kaj vortas, ekzaltiĝas, flame deklaras ke ‹ni ne toleros›..., sed havas neniun veran rimedon ion ŝanĝi, se la ‹Respubliko de la gajaj sambanuloj› ricevas plimulton da voĉoj en la elektado. Mi konas ilian senefikecon. Rigardu min. Ĉu mi kapablus sukcesigi tian kampanjon? Kaj mi estis unu el la fondintoj de ReVa!»

Li ridis etan gorĝan ridon.

«Ĉu vi ne plu estas?» la detektivo demandis.

«Ne. Mi forlasis la ReVaanojn kiam ili decidis pri sekreto. Pro Cezaro Birman, la ulo de l' ĉi-apuda librejo; li insistadis ke ĉiuj niaj diskutoj estu nepre sekretaj. Tiam mi ilin adiaŭis. Mi, sekretojn? Neeble. Mi tro ŝatas drinki kaj babili!»

«Domaĝe ke vi ne plu anas. Vi eble povus diri al mi la solvon de la enigmo. Kvankam mi ne estas valmuano, la mistero de l' falinta aŭto min incitas.»

«Se mi scius la solvon, mi ĝin dirus, ĉar mi estas malkaŝa. Sed eĉ estante ReVaano mi certe ne scius ĝin. Mi konas tiujn homojn. Ili ne estas krimuloj. Kaj se okazis akcidento, ili ĝin ne ĉeestis. Kvankam...»

«Kvankam?»

«Kvankam mi demandas min, ĉu la granda Jendrik ne iris ilin viziti kiam li plonĝis abismen.»

«Ilin viziti? Sed li alsupris!»

«Jes, precize. Rijoka, la spicisto, havas kabanon supre de Monto Baruna. Komence, ni kelkfoje iris tien por niaj kunvenoj, pasigis tie supre tutan plaĉan dimanĉon. Kial Jendrik irus tiun vojon dum sabata nokto, se ne por preciza celo kiel tiu?»

Liberiĝis tablo, kaj ambaŭ viroj eksidis ĉe ĝi. Ili tagmanĝis kune, kaj Jano tre ŝatis la konversacion kun la maljuna spritulo, kies okuloj brilis dum li verve priskribis plej diversajn aspektojn de la vivo valmua. Sed – krom la fakto ke la sicilianoj kaj albanoj atribuis al Aleksandro Jendrik superecan, malestiman sintenon rilate al la fremdaj laboristoj – li plu eksciis nenion interesan por la enketo.

Kiam li eliris el la restoracio, la polica detektivo havis zorgan esprimon. Ĉu la maljunulo ne divenis lian policanecon? Se jes, li eble intence misgvidis lin. Kaj eĉ se ne, ĉu oni fidu lian certecon ke «ili ne estas krimuloj»? Se la ReVaanoj kunkulpus pri la mortigo, la afero ne facile malplekteblus, ĉar kiam pluraj personoj kunkrimas, ili senpene povas aranĝi reton da mensogoj sub kiu ĉiu protektas ĉiun. Aliflanke, kolektiva fi-faro estas malpli facile decidebla ol unuopula krimo, kaj oni pli facile rompas ĉenon da kulpintoj ol malkovras unusolan izolulon. La afero, tamen, prezentiĝis komplika...

5

Ial, Karal estis surprizita. Eble li atendis streĉan, febran etoson – liamense en garaĝo ĉio ĉiam urĝas – kaj sekve lin mirigis la paca atmosfero reganta ĉi tie. Iu nevidebla ekbruigis motoron akcelante ĝis preskaŭ neeltenebla laŭto. Veturilo staris super fosaĵo, el kiu eliĝis manoj ŝmiraĵnigraj kaj helbruna hararo. Apud la larĝe malfermita pordego troviĝis juna viro kun kapo klinita al motoro. La detektivo lin aliris.

«Ĉu vi deziras ion?» demandis la junulo per voĉo obtuza. Li estis ne tre granda, kun nigraj ondaj haroj, nealta frunto kaj brunaj migdalformaj okuloj kiuj konstante moviĝis. Li ĝentile ridetis.

«Ne ĉesu labori pro mi. Mi havas tempon», respondis Karal kun la tono de nenifara gapemulo.

«Min ne ĝenos se mi haltos minuteton», rebatis la knabo, mane netigante harbuklon kaj tiel lasante ŝmiran nigran spuron sur la frunto. «Kiel mi povas helpi al vi?»

«Mi dezirus ion priparoli kun via ĉefo», Karal anoncis.

«La ĉefo? Ĉu la mastro aŭ la laborejestro?»

«Ĉu ili ne estas unu kaj sama?»

«Ne. La mastro estas s-ro Alsjo. Li ne ĉeestas hodiaŭ. La laborejon estras Jobo Fortaroko. Li venos post kelkaj minutoj. Li iris for por provi veturilon.»

«Bone. Mi parolos kun li. Ĉu vi havas multe da laboro?»

«Normale. Sufiĉe por okupi tri laboristojn kaj unu estron. Sed kion vi fakte deziras? Nenion pri aŭto, ĉu? Ĉu vi estas ĵurnalisto enketanta post la fama akcidento?»

«Ne. Polico», Jano diris, montrante la pruvilon kaj akre rigardante la junulon.

Ĉi-lasta rigidiĝis kaj paliĝis dum ero de sekundo, sed li tuj retrovis sian kvieton.

«Diable!» li simple prononcis. Li komencis diri ion pluan, kiam sonora voĉo malantaŭ Karal demandis:

«Kio estas, Petro? Ĉu vi povis helpi al tiu sinjoro?»

Jano turnis sin. Staris tie kvardekjarulo kun blua supertuto garaĝista. Mezgranda, li ne tenis sin tre rekte kaj io nesimetria en la vizaĝaj sulkoj impresis preskaŭ ĝene. Neracie, Jano ekinklinis dubi lian veremon.

«Sinjoro Fortaroko, sendube?» li demandis, kaj sin koniginte, li lasis sin konduki al eta fuŝorda kabineto.

Jes, la veturilo bonfartis tiun tragikan sabaton. Ne, neniu el la meĥanikistoj laboris super ĝi post kiam Fortaroko mem ĝin provis ekstere. La bremsoj kaj ĉio perfekte funkciis. Jes estas nur tri da ili. La junulo kun kiu la s-ro policano ĵus parolis – Petro Balgana –, iu albano – Halim Uŝtari – kaj juna studento el Valĉefa, kiu tamen metilernis meĥanikon – iu Stefano, Stefano... la familian nomon li ne memoras nun, nur portempe li ĉi tie laboras. Ĉiuj tri aperas honestaj, bravaj laboristoj, ankaŭ konsciencaj. La garaĝo havas bonan reputacion, kaj nekonsciulon s-ro Alsjo, la mastro, ne tolerus.

S-ro Aleksandro Jendrik lasis la aŭton je la 8-a matene. Li reprenis ĝin nokte ĉirkaŭ la 9-a. Li estis kun la edzino. La garaĝo restas nefermita ĝis la oka kaj duono ĉiuvespere.

La laboristoj alterne deĵoras de la 6-a ĝis la fermhoro. S-ro Jendrik antaŭe telefonis por demandi ĉu eblus fermi nur je la naŭa tiun tagon, ĉar li ŝatus repreni la veturilon je tiu horo, kiam li revenos el trajna vojaĝo. Tute komence, li estis petinta la aŭton por dimanĉo, sed poste li akceptis rendevuon en ĉaledo sur Monto Baruna sabaton nokte – stranga tempo, ĉu ne?, sed ne taŭgas ke garaĝisto, eĉ scivola, faru demandojn – kaj li petis ke oni gardu ĝin ĝis la 9-a. Ĉar li estas gravulo kaj bonega kliento, persona amiko de la garaĝposedanto, oni ĉiam konsentas tiajn esceptojn por li.

Tiutage estis la vico de Halim vesperdeĵori, kaj tiu havigis al la arkitekto la veturilon. Kiu laboris super la veturilo? Ankaŭ Halim, kun la helpo de Stefano iumomente. Neniu riparo, nur regulaj kontrolo kaj prizorgado. Post la kontrolveturo, la aŭto staris tie kaj neniu ĝin tuŝis. Tion la tri meĥanikistoj atestas, kaj, kvankam la laborejestro mem tiam estis for ĝis lundo matene, laŭ antaŭa aranĝo kun la mastro, li ne dubas ilian diron.

Ne, Halim ne konas speciale la arkitekton. Nek Petro, nek Stefano, cetere. Ili vivas en malsamaj mondoj.

La akcidento? Ab-so-lu-te ne-kom-pre-ne-bla. La sola kaŭzo estus ekparalizo de la dekstra kruro. Jes, nur tio komprenigus la nebremsadon. La tuta afero estas malagrabla por la garaĝo, kiu estas tute-tute senkulpa kaj riskas suferi nejustan misfamiĝon.

«Dankon,» Karal diris fine, «ĉu ĝenos se mi nun parolos kun ĉiu el viaj tri meĥanikistoj sinsekve?»

Jobo Fortaroko plej afable respondis ke ne.

Halim Uŝtari estis granda, larĝaŝultra, kun tre maldika talio. Se la makzelo, la larĝaj manoj dikfingraj, la forta nazo, la torso, kiun oni divenis muskola, kune disradiis fizikan potencon, la intenca rigardo avertis ke la psiko ne malpli fortikas, kaj densa liphararo iel sukcesis konfirmi la ĝeneralan impreson pri naturpura, pli malpli sovaĝa povego. Jano estis duonpensanta ke tian viron oni prefere kalkulu inter la amikoj ol inter la malamikoj, kiam la albano ekridetis. Tio metis sur lian vizaĝon tiom da ĉarmo kaj lumo, ke la detektivo sentis kvazaŭ sovaĝbesto ekcedis lokon al granda infano mildakora. Pli honestan rigardon li malofte renkontis.

«Kion vi opinias pri tiu akcidento?» li demandis.

«Sinjoro,» la albano respondis per malalta, preskaŭ solena voĉo, «tio estas la plej mistera okazaĵo en mia vivo. Mi scias ke tiu aŭto perfekte funkciis. La sinjoro ankaŭ perfekte stiris, klarmensis, konis la vojon. Kiel klarigi? Ĉu sinmortigo? Motivon vi eble trovus, sed kial uzi tian kruelan metodon?»

«Ĉu ne krimo estas pli probabla?» la policano ĉuis, kun akuta atento al la vizaĝesprimo de la alia.

«Mi pensis pri krimo. Sed kiel eblus? Post kiam la estro lasis la aŭton tie,» li gestis al difinita loko en la laborejo, «ĝi tie staris kaj neniu el ni ĝin tuŝis ĝis li reprenis ĝin vespere.»

«Ĉu vi restis ĉi tie la tutan tempon inter la 6-a kaj la fermohoro?»

La albano palpebrumis. Ĉu pli intense ol ĉe normala refleksa faro?

«Jes. Estas konstanta deĵorado.»

«Vi ne eliris, ni diru, eble, kvaronhoron por ion manĝi?»

«Ne. Mi manĝis sandviĉon en la garaĝo mem. La aŭto restis tie la tutan tempon, netuŝata. Mi iris kelkminute necesejen, sed se iu sukcesis enŝteliĝi en la garaĝon kaj ion fuŝarangi dum mi nenion aŭdis kaj estis for tiel mallonge, tiu nepre estas supernatura estaĵ'.»

Amuzis Janon la dialekta elizio ĉe tiu fremdulo, kies prononco, kvankam ne tute korekta, tamen imitis la sanktavalan melodion.

«Kioma horo estis kiam vi redonis la aŭton?»

«Mi ne rigardis horloĝon. Jam estis nokto. Mi dirus: la 9-a.»

«Ĉu la panela horloĝeto akuratis?»

«Ne mi kontrolis, sed preskaŭ certe jes, ĉar la estro ĉiam pedante rilatas al la horo, kaj se ĝi ne estis ekzakta antaŭe, li sendube ĝin ĝustigis dum la kontrolveturo. Laŭ la rakontoj kiujn mi aŭdis, la katastrofo okazis ĉirkaŭ la naŭa kaj duono. Kiel la sinjoro havus tempon halti sufiĉe longe por ke iu sabotu la aŭton? Kaj kie? Ne estas eĉ kabaneto inter ĉi tie kaj la loko de l' katastrofo. La stirmeĥanismo kaj la bremsoj estis bonstataj kiam la estro ilin kontrolis survoje, kaj neniu poste tuŝis la veturilon. Tion mi pretus ĵuri, ĉar mi la tutan tempon restis tie ĉi kaj la aŭto ne estis facile atingebla. Se Petro aŭ Stefano ĝin estus fuŝpalpintaj – estas absurde tion imagi, se oni konas ilin – mi estus ilin vidinta. Ne. Tiu afero ironias al ni kiel karoseria bruo.»

‹Ankaŭ al mi›, pensis Jano, kiu dankis la albanon kaj decidis pridemandi la junulon kiun li vidis unue post sia alveno.

6

Petro Balgana direktis al Jano migdalokulojn ĉiam moviĝemajn. Dum la albano havis tujan, rektan, person-al-personan kontakton, lia kolego ne sentis sin tute hejme fronte al la policano. Li videble estis iomete embarasita.

La demandoj kaj respondoj sekvis unuj la aliajn ne malsimile ol kun la albano. La faktoj estis konfirmitaj ekzakte, escepte pri tio kio okazis post la 6-a vespere, ĉar tiuhore la juna viro finis la laboron kaj reiris hejmen.

«Ĉu sola?» Jano demandis, sen preciza kaŭzo.

«Fakte ne. Kun Stefano», respondis Balgana. «Ni iris al drinkejo apud mia hejmo, ne malproksime de ĉi tie, kaj tie babilis eble tri kvaronhorojn. Poste ni disiĝis.»

«Kion vi opinias pri tiu Stefano?» La detektivo ne rezistis la plezuron scivoli kiel impresas lia nevo.

La junula vizaĝo alprenis esprimon de ega respekto.

«Li imponas», Petro diris serioze. «Kiam ni havas feritempajn laborulojn, ili ĝenerale scias nenion pri l' metio. Sed ne Stefano. Kvankam li studas en Valĉefa Univ', li estas vera meĥanikisto. Maloftaĵo!»

«Kaj Uŝtari?»

«Ankaŭ li min impresas, sed alimaniere. Stefano estas kamarado por mi, plaĉa kunulo. Kun Halim mi ofte sentas ke estas distanco inter ni, eble kultura aŭ religia.»

«Kiun religion li havas?»

«Islaman.»

«Jes, vi devas senti diferencon.»

«Fakte, eble tamen pli agas la aĝo. Li aĝas dek jarojn pli ol mi, havas edzinon, infanojn, tutan familion. Mi ne.»

«Ĉu vi kredas lin kapabla krimi?»

«Ne.» La respondo estis tuja kaj firma. Aŭdeblis ke ĉe Petro Balgana pri tio ne ekzistas eĉ plej eta dubero.

«Kaj Stefanon?»

«Ankaŭ ne, kvankam mi ne konas lin de tiel longe. Ŝajnus nekredebla afero.»

«Kion vi pensas pri la akcidento?»

La junulo iom ekscitiĝis.

«Aŭskultu, sinjoro, por ni en ĉi tiu garaĝo, la enketado havas ion ofendan. Mi komprenas ke vi devas fari ĝin, sed ni tiel fidas nin reciproke, koncerne honestecon, senkulpecon, ktp, ke la ideo ke oni nin suspektas estas vere incita.»

«Tamen okazis io serioza!»

«Jes, sed ĉu povas esti io alia ol momenta cerb- aŭ korpaneo? Laŭ la kondiĉoj en Ejga-Garaĝo, krimo tute simple ne eblas.»

«Ni tre ŝatus sekvi vin en tiu rezonado. Bedaŭrinde, iu eksplodigis la aŭton en la sekvanta nokto, kaj ni scias ke la bremsa sistemo plej speciale celiĝis. Kaj...»

Karal haltis, ĉar la junulo paliĝis kaj rigidiĝis momenteton.

«Sed tamen...» tiu komencis, kaj subite interrompis sin, dum lia frunto sulkiĝis penskoncentre. Lia mieno ŝanĝiĝis al malĝoja rideto dum li daŭrigis:

«Pardonu, ĉio ĉi efikas skue. Mi ne scias kion pensi, kaj tio estas tre malagrabla por homo staranta meze de la tuta afero.»

«Mi komprenas. Sed ni tamen devas demandi kaj ĉion konsideri. Mi simpatias al via solidareca sento pri viaj kolegoj, sed kredu min: krimulo tre malofte aspektas krimule.»

Stefano aperis tiel severmiena ke Karal malfacile subpremis inklinon ekridi.

«Vi vokis min, sinjoro policano?» sonis serioztone la neva voĉo.

«Nu, vi scias pri kio temas», la detektivo diris, pensante ke estus riske ŝanĝi la sintenon kaj decidinte agi kvazaŭ la junulo ne estus kunlaboranta parenco.

Stefano konfirmis ĉiujn antaŭajn asertojn. Li pretis ĵuri ke neniu tuŝis la veturilon inter la reveno de la laborejestro kaj la tempo kiam li kaj Petro foriris. Oni sentis lin same konsternita kiel la aliaj, eĉ pli, ĉar li sciis pri la anonimaj minacoj, kiuj – laŭ li – tute ne kongruis kun la karaktero de liaj laborkunuloj.

Estis decidite, ĉar tiuvespere venis por Stefano la vico deĵori ĝis la oka kaj duono, ke Karal revenos tiuhore kaj invitos la nevon al trankvila restoracio. Verŝajne neniu ilin vidos, kaj, se jes, la homoj pensos ke li trovis tiun manieron pridemandi homon kiu povos havigi al li informojn. Ili do disiĝis, sed fakte la detektivo ege malpaciencis koni la impresojn de Stefano. Ĉu ili alportos lumon?

7

Ili trovis diskretan angulon en diskreta restoracio. Karal trovis la nevon malpli verva, malpli vigla ol kutime. Per zorgapatra voĉo li demandis:

«Kio estas al vi, Stefano, ĉu la garaĝa vivo al vi ne plu plaĉas?»

«Kara Karal!» diris la junulo, uzante sian familiaran vokmanieron. Li ĝemspiris. «La vero estas ke mi estas laca. Cerbe laca. Mi rompas al mi la kapon super tiu akcidento ekde kiam ĝi okazis.»

«Tamen ekzistas racia solvo, kaj ni fine trovos ĝin», Jano provis konsoli.

«Ĉu vere vi kredas?»

«Aŭskultu, ni staras nur komence de la esplorado. Kiam ni scios pli pri la viktimo, ni scios pli pri la krimo.»

«Por vi ne estas dubo ke okazis krimo, ĉu?»

«Ne. Pro la eksplodo kaj la anonimaĵoj. Estus tro da koincidoj.»

«Sed diru, oĉjo, kiamaniere ĝi fariĝis?»

«Via albana kolego havis multe da tempo por fuŝi la bremsojn, ĉu ne?»

«Tempon li havis. Sed kial li tion farus? Kaj kial la bremsoj misfunkciis nur tie? Mi allasas ke je tiu hor' estas neniu trafiko tialoke kaj do ke Jendrik verŝajne ne devis bremsi pro iu limaka veturilo. Sed li devis bremsi dufoje ĉe ‹halt›-signaloj. Krome, tio ne kongruas kun la karaktero de Halim.»

«Ĉu vere? Interesas min scii kion vi pensas tiurilate, ĉar vi estas bona karakterjuĝanto. Familia trajto», li aldonis, aludante al sia edzino Ĝoja, psikologino ĝenerale ŝatata.

«Estas io tre honesta en Halim», Stefano klarigis. «Mi ne povus difini, sed ial mi ne povas rigardi lin kaŝema. Eble li kapablas murdi, sed li mortigus front-al-fronte: ponarde, pafe, lukte aŭ per io simila, ne per fuŝado de veturilo, kio signas ruzan menson makiavelan.»

«Ĉu estas iu makiavela en via garaĝo?»

«Eble jes. La laborejestro Fortaroko. Mi ne ŝatas lin. Nenio difinebla. Sed li impresas min kiel falsulo. Kvazaŭ li penus aperi alia ol li funde estas. Tiurilate estas vera malo de Halim.»

«Ĉu Fortaroko havis eblecon fuŝi la aŭton kiam li ĝin provstiris?»

«Mi ne imagas kiel. Kompreneble li havus la tempon, sed kiam li revenis, la bremsoj kaj ĉio funkciis normale; alie, li ne sukcesus meti ĝin bonorde en la garaĝon. Kaj kiam Halim ĝin eligis el ĝia loko, ankaŭ li devis bremsi. Krome, kian motivon Fortaroko havus?»

«Por koni eblajn motivojn, ni devos pli profunde esplori. Eble eĉ Halim havas motivon, kiun vi ne suspektas. Kaj kion vi diras pri Petro Balgana?»

«Mi taksas lin bona knabo. Ni ofte diskutis kune, ofte kune manĝis, aŭ trinkis en kafejo. Li estas brava junulo. Eble ne vast-imaga. Ne interesiĝas pri la mondo, politiko, kulturo. Neambicia, simpla juna viro. Iom malvarma, iom malfeliĉa, ema pensi ke la vivo ĉiam grizos, sed simpatia. Ne multo dirinda pri li.»

«Kiel li reagas al la akcidento?»

«Ĝi igas lin nerva, estas vere. Sed ĉu tio estus signo de kulpo? Laŭ mi, ne. Nur ke la reputacio de la garaĝo lin zorgigas, kaj ankaŭ ke mortis en impresa maniero paro kiun li tamen ofte vidis ĉi tie. Eĉ min, novulon ĉi-urbe, la katastrofo tuŝas. Estas tremige pensi ke tiun s-ron Jendrik mi vidis tute viva kaj vigla antaŭ kelkaj tagoj, kaj nun li mortis, karbigita post tragika falo.»

Silento ŝvebis kelkminute. Ĝin rompis Karal:

«Ĉu vi scias kie estis la posedanto de la garaĝo – kiel do li nomiĝas?»

«Alsjo. Miĥaelo Alsjo.»

«Jes. Kie estis s-ro Alsjo tiun sabaton?»

«Mi ne scias, sed certe ne en la garaĝo. Fakte, li ofte estas for.»

«Kaj Fortaroko?»

«Post la kontrolveturado per la aŭto de s-ro Jendrik, li foriris. Mi ne scias kien. Restis nur la laborista triopo.»

«Iliajn alibiojn mi devos kontroli», Karal diris kun enpensiĝa mieno.

«Mi ne nomus tion alibioj...» Stefano lace respondis.

La «alibiojn» Jano Karal kontrolis. S-ro Alsjo pasigis la tutajn sabaton kaj dimanĉon en Valĉefa, kie diversaj personoj vidis lin. S-ro Fortaroko iris dum la sama semajnfino al la devena vilaĝo, ĉar liaj gepatroj tie festis la kvindekan datrevenon de sia geedziĝo. Multnombra parencaro atestis pri lia ĉeesto tie. Nek unu nek la alia el la du «ĉefoj» do povis reveni al la garaĝo por iel saboti la aŭton. La misternebulo pli kaj pli densiĝis.

8

«Ĝoja...»

Apenaŭ prononcinte la nomon de sia edzino, la detektivo silentis. Ili sidis ĉetable, kun eta taso da kafo antaŭ si. Ĝoja foliumis receptolibron kun koncentriĝa esprimo.

«Mi revenas Valĉefan speciale por diskuti kun vi miajn enketproblemojn, kaj vi eĉ ne aŭskultas min», li diris duongrumble duonŝerce.

Ĝoja plu foliumis, legetis, foliumis.

La policano eligis pezan ĝemspiron.

«Ĉu vi parolis al mi?» demandis Ĝoja ridete turnante la kapon al la edzo kaj fiksante sur lin okulojn de purkonscienca bebo.

«Jes», li respondis iom pli dure ol li konscie deziris. «Mi revenis hejmen por konsulti psikologinon elstaran per sia sperto vasta – kvankam ne oficiala – pri krim-aferoj, kaj ŝi preferas perdiĝi en libraĉon kiu... kiu...»

«Ho, pardonu, kara», ŝi petis. «Mi lasis min distri de dommastrinaj problemoj anstataŭ dediĉi mian tutan brilan cerbon al via ĉagreneto.» Ŝia voĉo petole patrinis.

«Fakte, Ĝoja, mi ne tre emas ŝerci nun. Stefano min maltrankviligas.»

«Stefano?» Ĝoja abrupte serioziĝis. Ŝi havis fortan

korinklinon al la nevo, kaj la tono de Jano efikis sobrige.

«Nenio grava, certe. Sed ni tiel kutimis vidi lin komiki, ke kompleta foresto de sprito en li aperas nenormala.»

«Al kio vi alskribas tiun ŝanĝon?»

«La morto de Jendrik lin zorgigas. Li troviĝas en strategia loko en tiu garaĝo, kaj vundas lin la konstato ke li pri la krimo nenion komprenas. Plie, li estis tie por informiĝi precize pri Jendrik kaj ties malamikoj, kaj pensis pri sia rolo tre serioze, kvazaŭ li havis antaŭscion pri krimprovo kaj devis ĝin malhelpi. Laŭ sia sento, li fiaskis en sia komisio.»

«Kompatinda li! Mi tamen ne dubas ke li faris ĉion eblan. Junuloj ĉiam volas pli ol estas eble. Nu, rerakontu al mi la aferon.»

Jano duafoje revuis la tutan faktaron. Ĝoja aŭskultis atente, sen eĉ okulumo al la receptolibro kuŝanta antaŭ ŝi.

«Se oni rigore konsideras la faktojn,» li finis sian prezenton, «unu konkludo trudiĝas: povis kulpi nur la albano. Verŝajne li trovis sistemon por misfunkciigi la bremsojn post difinita tempospaco. Nur al li estis oportune. Li estis sola tutajn tri horojn en la garaĝo, kaj tre lertas pri meĥaniko.»

«Se nur li povis, nur li kulpas», Ĝoja eldiris sentence. «Kial nek vi nek Stefano akceptas la propran konkludon?»

«Be!» prononcis Jano, ŝultroleve esprimante sian nekontenton. Kaj post paŭzo li aldonis:

«Li ne impresas krimule. Mi scias ke estas stulte tion diri. Se krimuloj aspektus krimule, ni ne perdus tiom da tempo kurante post ili tra nebulo. Kaj tamen...»

«Tamen?»

«Tamen lia tuta sinteno tro disradias sincerecon kaj senpekecon. Mi ne kapablas kredi lin kulpa.»

«Sed ĉu oni povas juĝi anon de alia popolo laŭ niaj kriterioj? Eble lia konscienco estas pura, ĉar laŭ sia konceptado li *devis* mortigi la arkitekton kaj *devas* nun silenti pri ĝi. Se li opinias ke li agis juste, lia sen-ombra sinteno perfekte klariĝas.»

«Ĉu vere?» dubis Jano, sed la rezono de Ĝoja tamen trafis lin pensige. Li devos pli scii pri la albana estmaniero.

9

La strato estis mallarĝa, la domoj elŝvitis odoron jen muskecan jen iom ŝiman, el kafejo aŭdiĝis fremdasona, melankolia muziko.

Karal sonorigis ĉe pordo. Bruoj aŭdiĝis interne, sed neniu venis. Li ree sonorigis. Finfine la pordo malrapide malfermiĝis. Staris antaŭ li virino eble 30-jara, kun bela vizaĝo, sed vestita brune kaj nigre en tia maniero, ke la korpoformoj eĉ ne diveneblis.

«Polico», li diris, kaj eniris tuj.

Du infanoj pasis de ĉambro al alia turnante al li scivolemajn okulojn. Rigardis ankaŭ alia virino, multe pli aĝa ol la unua, kiu fermis la pordon de la ĉambro kie ŝi staris. Jano havis tempon mire ekvidi modernan kuirejon. Ke li ekmiris montris ke li havis antaŭjuĝon, kaj tio lin incitis. Io en la doma etoso igis lin nerva. Ĉu la malfacile interpreteblaj bruoj? Ŝajnis al li ke la domo plenas je homoj. Pluraj familioj eble loĝis en ĝi.

La belvizaĝa virino tie staris sen diri ion ajn, sen inviti lin eniri, kaj li sentis embarason.

«Ĉu ni povus ie sidi kaj paroli?» li demandis.

«Mia edzo... for», ŝi mallerte prononcis.

«Mi atendos lin», li diris, kaj metis en sian voĉon tiom da firmeco ke ŝi povis nur akcepti lin.

«Venu», ŝi proponis, kaj kondukis lin al alia pordo. Kiam ŝi ĝin malfermis, Karal estis refoje surprizita.

En la ĉambro ja estis nenio. Nur granda belega tapiŝo surplanke, du pufseĝoj, divano, eta malalta tableto kaj ligna kofro: malmultaj aĵoj, kiuj fakte pli akcentis ol nuligis la impreson pri vakuo.

Li sidiĝis sur la divanon.

«Ĉu...?» li komencis, sed ŝi jam estis for.

Aŭdiĝis flustraj voĉoj kaj fu-fu-ridoj kiuj impresis malplaĉe, kvazaŭ oni mokus lin.

Jano bedaŭris ke li diris: «Mi atendos» sen informiĝi pri la probabla daŭro. Li estis neracie certa ke lia «kliento» ne povas malproksimi, kaj tial li nenion demandis. Verŝajne li enirante pensis ke oni provos lin forruzi kaj pro tio decidis mem enpaŝi firme. Nun li sentis sin iom ridinda.

Post deko da minutoj, li decidis ke la atendo sufiĉas kaj ke li nun foriros, eventuale kun ordono al Halim Uŝtari veni policejen. Sed precize tiumomente la pordo malfermiĝis.

La meĥanikisto elmetis sian brilan rideton.

«Pardonu la virinojn», li basvoĉis. «Ili neniam sentas sin komforte kun fremduloj. Kiel mi povas helpi vin?»

«Se paroli sincere, mi ne scias», malkaŝe diris Karal. «Eble babilante ni ekscios ion utilan. La akcidento misteras al mi ne malpli ol al aliuloj.»

«Mi estas je via dispono.»

«Fakte, de kiom da tempo vi laboras en Valmu?»

«Dek du jaroj.»

«Ĉu multaj albanoj laboras kiel vi en negranda entrepreno?»

«Ne. Mi estas escepto. Preskaŭ ĉiuj laboras mine.»

«Kiel okazis ke vi trovis dungon en valmua garaĝo?»

«Pluraj el miaj parencoj kaj amikoj laboras en la minejo. Mi estas meĥanikisto. Kiam dungo vakiĝis, ili indikis al mi. Mi venis.»

«Ĉu plaĉas al vi?»

«Jes. Valmu estas agrabla urbeto. Negranda, oni sentas sin hejme. La naturo estas bela. La salajro... nu, povus esti pli alta... sed kompare kun aliaj lokoj... En la garaĝo la etoso estas sufiĉe plaĉa.»

«Kial ne plene plaĉa?»

La albano ŝultrolevis, kvazaŭ por substreki la absurdecon de tia demando. ‹Ĉu dungitula vivo povus esti plene plaĉa?› lia movo videble signifis. Tamen li respondis:

«Pro Fortaroko, la estro. Inter la du aliaj laboristoj kaj mi regas granda konfido, kamaradeco. Sed la estro... eble li faras sian plejon... tamen li ne rilatas al ni kun rekta koro, se vi komprenas mian diron. Estas io oblikva en la rilatoj, mi ne povas diri alimaniere.»

«Kaj Alsjo, la mastro?»

«Ni malofte vidas lin. Ne per propra pena laboro li akiras sian riĉon.»

«Kiamaniere vi albanoj, kiel kolektivo, sentas vin ĉi-urbe?»

Halim denove levis la larĝajn ŝultrojn.

«Fremdaj», li simple diris. «La valmuanoj ne estas malbonaj kontraŭ ni, sed ni sentas... fremdecon, neegalecon, kiel diri? Fojfoje impresas kvazaŭ ili riproĉus nian ĉeeston. Ne ni tamen petis laboron ĉi tie, sed la minekspluatantoj serĉis laboristojn kaj petis nin veni.»

«Kion la albanoj ĝenerale pensis pri Jendrik?»

«Ili havis al li intensan malamon.»

«Kial?»

«Ĉar li malpermesis ke ni havu propran tombejon, kaj la albanaro tion sentis kiel rifuzon al la propra identeco. Oni akuzis lin pri rasismo, ekspluata kaj supereca sinteno al malgranda fremda popolo, ktp.»

«Ĉu vi konscias ke tio, kion vi ĵus diris, ne faciligas vian pozicion rilate al la krimo?»

«Jes. Sed estas la vero. Ĉu mi diru la veron, aŭ tion kio povas helpi min el viaj suspektoj?»

«La veron, kompreneble», Jano respondis, sin demandante ĉu temas pri ekstrema malkaŝeco aŭ pri ekstrema lerto en la arto montri sin senkulpa.

«La vero estas ke mi neniel kulpas pri la morto de s-ro Jendrik. Mi do diras la veron, ĉar ju pli la vero koniĝos, des pli pruviĝos mia senkulpeco. Mi trankvile asertas ke mi ege malŝatis s-ron Jendrik, sed ankaŭ ke mi ne kaŭzis lian akcidenton.»

«Ĉu vi konscias ke nur vi havis okazon fuŝi la bremsosistemon de la koncerna aŭto?»

«Jes. Laŭŝajne.»

«Kion vi diras pri tio?»

«Ke mi ne kapablas kompreni. Tamen mi scias ke mi ne prilaboris la aŭton post kiam la estro restiris ĝin garaĝen. Mi ĝin tuŝis nur kiam s-ro Jendrik repetis ĝin: mi tiam translokis plurajn aŭtojn kiuj ŝtopis la vojon, kaj stiris lian eksteren al li. Mi dubas ĉu mi tiam manipulis ĝin pli ol tridek sekundojn.»

«Kiel vi komentos, se mi diras ke mi arestos vin, ĉar la cirkonstancoj kunformas akuzan faktaron kontraŭ vi, dum ili montras ĉiujn aliajn senkulpaj?»

«Mi diros ke estas maljusteco, misjuĝo, sed komprenebla misjuĝo. Mi diros ke mi estis malbonŝanca. Mi diros ke eĉ se ĉiuj homoj surtere deklarus min krimulo, Alaho estas ĉioaŭda, ĉiovida, Alaho estas ĉioscia kaj saĝa. Mi atendos en malliberejo ke la vero riveliĝu. Kaj mi diros ankaŭ ke ne estas bona justico, kiu kondamnas homon senpruve, nur ĉar cirkonstancoj ŝajne ariĝas kontraŭ li.»

«Vi estas ege kuraĝa.»

«S-ro policano, se vi estus vivinta vivon similan al la mia, aŭ vi ne plu ekzistus, aŭ vi estus lerninta tion, kion vi nomas kuraĝo. Elekton mi fakte ne havis.»

«Vi akceptas vian sorton fatalisme. Vi tamen povus ribeli.»

«Vi min ne komprenis! Mi luktos, mi batalos per ekstrema energio por pruvi mian senkulpecon, por konvinki la misakuzantojn. Sed diru al mi: kiel mi povas pruvi ke mi ne tuŝis la aŭton dum tiuj horoj, se neniu ĉeestis? La vero donas forton al mia animo, sed ĝi videblas nur al Alaho kaj mi. Se vi ne kredas min, mi ne povas vin persvadi perforte. Mi sidas en la manoj alahaj.»

10

Jano malkontentis. La personeco de Halim Uŝtari lin incitis. Li sentis la albanon pli forta ol li, sed ne povis difini ĉu ties forto venas de supera ruzo aŭ de la simpla potenco de la vero en homo kun profunda kredo religia.

Li decidis konsulti la lokajn policistojn.

Lin akceptis la freŝvizaĝa blondulo kiun li jam vidis komence.

«Fermita ularo», la juna policisto klarigis, post kiam Karal vortigis siajn demandojn pri la albanaro. «Ni ne konas ilin. Pro siaj lingvo, kutimoj, pensmaniero, ili enŝlosas sin en mondo kiun ni ne kapablas penetri. Nur unu persono eble povos helpi vin: Patro Manganella, la pastro de la sicilianoj...»

Patro Manganella estis tre malalta kaj maldika, preskaŭ nano, fakte. Sed liaj okuloj fajris, liaj brakoj gestis larĝe, kaj lia lango maŝinpafis elokventon je apenaŭ sekvebla kadenco. Impresis, kvazaŭ li dediĉis tiom da energio al nerva funkciado, ke nenio plu restis por kreski aŭ amasigi rezervojn. Paŝante tien kaj reen, tien kaj reen, en sia eta ĉambro, li respondis al Karal:

«Jes. Mi estas katolika pastro, kompreneble, kaj mi estas je la servo de l' siciliaj laboristoj. Sed, kiel vi scias, ankaŭ turkoj, grekoj, albanoj laboras en la minejo aŭ en aliaj entreprenoj de la regiono, kaj neniu okupiĝas pri ili. Jes ja, estas socialaj asistantinoj, sed tiuj ne sufiĉas. Ili jam estas plene okupitaj per la juraj kaj materialaj problemoj. Kiam temas pri io pli intima, pli konscienca, pli profundkora, la turkoj, grekoj, albanoj havas neniun kun kiu paroli. Nur min.»

Li paŭzis, rigardis Karal farante grandan geston iom teatran, kaj rekomencis paŝadi parolante:

«Foje okazis problemo pri greka laboristo, ortodokso. Sicilia kolego lia petis min helpi. Mi kompreneble faris laŭ mia povo. Tiel komenciĝis la afero. Nun mi havas bonajn rilatojn kun preskaŭ ĉiuj. Pri religio mi parolas nur kun miaj sicilianoj, krom se la aliaj faras al mi demandojn. Sed ne malofte mi helpis albanojn kaj ili akceptas min vere frate nun. Kio estas via problemo?»

Karal rakontis.

«Uŝtari? Estas tuta tribo da Uŝtarioj. Jes, mi konas la meĥanikiston. Halim, ĉu ne? Ne estas li.»

«Ne estas li, ĉu?»

«Ne estas li kiu krimis, se krimo entute okazis.»

«Kial vi estas tiel certa?»

«Nu, kara policano, kiam vi estos aŭdinta konfesojn de kompleta gamo da homtipoj, vi instinkte scios distingi la honestajn disde la malhonestaj. Halim sen ia dubo apartenas al la honestula kategorio.»

«Ankaŭ mi aŭdis multajn konfesojn, patro.»

«Do ankaŭ vi scias. Kion diras via instinkto?»

«Ke Halim estas senkulpa.»

«Vi havas sanan instinkton. Trovu do alian klarigon al via mistero.»

«Mi ŝatus. Sed la faktoj...»

«Ej, faktoj!» La pastro faris larĝan simetrian geston per la du brakoj, ĉe kiu ambaŭ manoj sin turnis por fine resti momenton senmovaj kun la platoj supren. «La faktoj aranĝeblas. Se vi nur scius kiom da ruzaj faktaranĝoj miaj bravaj sicilianoj ĉe l' konfesa sakramento jam rakontis al mi!»

«Ĉu Halim havus motivon por kaŭzi la morton de Aleksandro Jendrik?»

«Unuavide ne. La albanoj ne amis la arkitekton, nek la grekoj, turkoj aŭ sicilianoj, cetere. Sed de neamo aŭ eĉ malamo al mortigo la sojlo estas alta.»

«Ĉu vi scias ion pri la tombeja afero?»

«Jes. Stulta obstinaĵo de Jendrik. Ĝi vekas ankaŭ en mi specon de malamo. La islamaj albanoj petis de la aŭtoritatoj ĉu apartan tombejon, ĉu la rajton entombigi siajn mortintojn orientitaj al Mekko. Jendrik sen komprenebla kaŭzo – por sadisme ofendi, aŭ pro stulta pedanteco pri bonorda laŭliniigo – ĉiam retorikis kaj voĉdonis kontraŭ tiu propono en la Komunuma Konsilantaro. Pro lia ega influo, la sampartianoj – lia klientaro, kiu ne aŭdacus kontraŭdiri lin – same voĉdonis. Ili havas minimuman plimulton, sed tamen plimulton. Sekve la albanoj ne rajtas enterigi siajn mortintojn laŭ la ĝusta rito. Ĉu ne hontinde?»

«Kiel ili reagis?»

«Kolerege. Kaj ili emfazas sian decidemon jene. Ili dumtage enterigas samgentanon laŭ la regularo de la tombeja aŭtoritato, t.e. paralele kun la aliaj tomboj; la administracio do estas kontenta. Sed la sekvantan matenon...»

La malgranda pastreto alprenis mienon de komplotanto. Li kurbigis la dorson kvazaŭ por ŝtele antaŭenpaŝi, dum liaj manoj faris alterne gestojn imitantajn silentan, kaŝan iron. Li estis perfekta komedianto, kiel parole, tiel ankaŭ mime, kaj Karal ne povis ne ridi antaŭ tia komika ludado.

«... la sekvantan matenon oni konstatas ke la tombo ne plu estas bonorde laŭlinia, ĝi estas orientita Mekken! Ili venis dumnokte por ĝin ŝanĝi! Tio ankoraŭ okazis pasintan semajnon. Tiam la aŭtoritatoj reparaleligas la tombon, kaj la albanoj rekomencas, ĝis oni aranĝas gardadon. Ili malvenkas finfine, sed la tuta urbo indignas kaj mokas la aŭtoritatojn. Je la venonta elektado, la konservativuloj perdos sian plimulteton, mi pri tio ne dubas.»

«Ĉu tia ofendo al religia sento ne povus veki deziron kaŭzi la morton de l' ĉefa respondeculo?»

«La vundo certe tre profundas. Kaj mi kredas kelkajn el ili kapablaj mortigi por afero kiun ili rigardas justa. Sed ili mortigus per tranĉilo aŭ revolvero. Ili estas treege fieraj kaj dignaj. Murdo maskita kiel akcidento aperus al ili ago malfortula, senkuraĝula, eĉ pli: ne vira. Forte kaj brave aspekti ili tiom bezonas! Konduti vire estas kvazaŭ moto ĉe ili. Ili uzus alian metodon. Eĉ se unu aŭ du el la tuta grupo tion farus, certe kulpus neniu el familio Uŝtari.»

«Mi aŭdis ke la albanoj estas venĝemaj. Ĉu vere?»

«Kiom mi scias, jes. Mi ne volus esti tre asertema tiurilate. Tamen mi aŭdis ke jes, pli ol multaj aliaj.»

«Ĉu do povus esti venĝo, eble pri alia afero ol la tomba?»

«Laŭ mi ne, pro la metodo. Tio tute ne kongruas kun ilia honorkodo, kiu estas ege potenca.»

Jano faris grimacon. Tiu konstanta ripetado pri la albana

honorkodo lin ĉagrenis. Finfine, ĉu temis pri karnaj homoj aŭ pri abstrakta ŝablono pri-albana?

«Patro, patro! Vi ne helpas min», li grumblis. «Kaj ne helpi iun helpindan estas nekristane.»

«Male, filo», la pastro kontraŭpafis. «Mi helpas vin trovi la veron rezignante tro facilan pseŭdosolvon. Tamen lasu min kristane grandanimi kaj donaci ideon al vi.»

«Ĉu vere? Ĉu bonan?»

«Bonan aŭ malbonan, kiel scii? Sed pensu. Se iu volus malutili al Halim...»

«Jes?»

«Eble li kredigus murdo simplan akcidenton.»

«Kiel?»

«Kial vi estas tiel certaj ke okazis krimo?»

«Ĉar iu eksplodigis la aŭton.»

«Precize. Nu, imagu ke al Aleksandro Jendrik okazis rompo de cerba vaskulo tiel ke li ne plu povis uzi la dekstran kruron. La edzino ne havis tempon kompreni kio okazas, jam ili faris la grandan salton. Ĉu vi sekvas mian rezonon?»

«Jes. Vi volas diri ke iu, eksciinte pri la katastrofo kaj pri la fakto ke Halim estas la sola ebla suspektoto, eksplodigis la aŭtorestaĵon por direkti la serĉadon krimen. Jes, mi vidas vian...»

«Ĉu ne brila ideo?»

«Brila, sendube. Sed ne ĉio brila estas oro, ĉu? Kaj kia maniero paroli pri la propra brilado! Patro, kie estas via kristana modesto, ĉu ĝi ne akompanas la grandanimecon?»

«Mi estas nur parte kristano. Plene kristani estus superhome. Kaj oni diras ke mi estas multe pli... kiel diri?... pike ĉarma dank' al tiu mia ne-tro-modesteco.» Li komike mienis.

«Patro! Malpli kaj malpli kristane!»

«Ŝŝ! Mi flustros al vi pripensigon: sian modestecon al ĉiuj elmontri, ĉu estus kristane? Ne, ĉu? Tial mi kaŝas mian... modeste!»

«Patro, vi efektive estas brila!»

La pastran vizaĝon lumigis radia rideto.

«Ĉu ne?» li diris, kun okulumo. Kaj li adiaŭe premis la manon de Karal.

11

La nekropsia raporto kaj la raporto de la kuracisto de Jendrik sciigis nenion neatenditan. Tamen estis utile havi konfirmon pri tio ke, kiam okazis la akcidento, la arkitekto ne estis sub la influo de alkoholaĵo aŭ de ia drogo. Li estis, kiom eblis certiĝi, tute sana, kaj la morton kaŭzis la falo pere de ost-rompo krania kaj frakaso de la spino. La edzino verŝajne mortis, senkonsciigite de la ŝoko, kiam la veturilo brulis.

La kunfluejo de Tjazo kaj Mikva, nature tre bela loko, estas aranĝita kiel parketo kun benkoj kaj arbetoj. Tie promenis Stefano, serĉanta senlaciĝon. Li ekrimarkis malnovan ŝtonon, fiksitan en restaĵo de multjarcenta urbomuro. Io estis gravurita, sed bedaŭrinde grandparte forviŝita pro la antikveco.

La junulo komencis deĉifri:

> *Tjazo kaj Mikva*
> *en paro likva,*
> *Mikva kaj Tjazo*
> *en amekstazo*
> *...*

Plue estis pli kaj pli malfacile. Li penis legi, streĉante la okulojn, kiam lin frapis laŭta frazo elstaranta el murmuro kiu zumis al liaj oreloj jam kelkajn minutojn, sed kiun li ĝis tiam tute ne atentis. La voĉo estis konata. Li singarde turnis sin, kaj klinante la kapon, li vidis, sur benko al li kaŝita per kelkaj arbetoj, la kolegon Petron Balganan kune kun ties amatino Ana. Li penis ilin aŭdi:

«... nur ke mi trovas vin nerva ekde tiu akcidento, kaj tio starigas al mi demandojn», la knabino diris kvazaŭ sindefende.

Stefano aŭdis virvoĉan zumadon, sed ne sukcesis kapti ĝian sencon. La voĉo de Petro ĉiam estis aparte obtuza.

«Komprenu min,» ŝi revortis, «mi min demandas pri mia patro... mi estas zorga, zorgega pro la... nu, vi scias kion mi rakontis... ili estis vere minacaj kelkfoje, kiel scii? Kaj nun vi, via garaĝo, ĉio. Vi fumas duoble pli ol antaŭe. Ankaŭ mia patro. Mi ne plu scias sur kiu min apogi.»

Stefano senbrue iom pli proksimiĝis. Li volis ne perdi la respondon de l' kolego.

«Apogu vin sur mi, kara, kiel antaŭe», diris ĉi-lasta. «Nenio funde ŝanĝiĝis, nur supraĵe. Konsentite, mi ne sentas min perfekte komforte. Sed nur pripensu mian situacion. *Eble troviĝas iu murdema en la garaĝo!*» La lastan frazon li prononcis tre emfaze, antaŭ ol aldoni:

«Provu imagi. Kolegon, estron, kiuj ĉiam rilatis kun mi normale, same kiel mi al ili, mi nun jen suspektas, jen forĵetas el suspekto, jen refoje suspektas. Estas lacige por la nervoj.»

«Petro!» ŝi moliĝis. «Jes, komprenebۤle. Tio devas esti malfacile elportebla. Pardonu min. Sed ankaŭ mi fojfoje angoras. Vi ja scias ke...»

Damne! Motorboato forlasis la kajon kaj ekiris sur Tjazo kun raketada-pafkrakada bruo kovranta la junulinan voĉon. Kiam aŭdeblo revenis, parolis Balgana:

«... de suspektoj. Se vi iam estus suspektata pri murdo – ĉu vi aŭdas min? *murdo* – vi scius ke oni ne plene povas kontroli la nervojn. Eble ili ne suspektas min nun, sed mia vico venos, kaj ili certe ne forigis min el la listo.» Lia tono abrupte ŝanĝiĝis, dum li rigardadis la brakhorloĝon. «Ej!» li ekkriis, «ĉu vi vidis la horon? Ni rapidu, aŭ ni maltrafos la komencon.»

Kaj ili fulme paŝis for, dum Stefanon invadis aro da sindemandoj.

12

Karal kaj uniforma policestro trapasis vastan ĉambron kun pluraj grandaj desegnotabuloj. Tie ĉi dumtage laboras la arkitektaj desegnistoj, sed ĉi-hore ili forestis. La kabineto de Aleksandro Jendrik troviĝis transe.

Ĝi estis ekstreme bonorda. Vasta skribtablo kovrita per dika vitro, du remburitaj brakseĝoj, eleganta librobretaro plenplena je belaj bindaĵoj, aktoŝranko, ĉio aperis kalkulita por maksimuma efikeco. La ciferŝlosa ujo estis fiksita enmure je la alto de l' ŝultroj de homo sidanta.

«Ni esperu ke li ne ŝanĝis la kodnombron», Jano diris al la akompananta policisto, dum li foliumis poŝan notlibreton. Li fingris la ciferplaton. Sen eĉ brueto, la dika pordo malfermiĝis.

Troviĝis monbiletoj – nemulte. Multaj aferpaperoj, dosierujoj, unu porna fotlibro, kaj diversaj dokumentoj.

La detektivo sisteme ekzamenis la trovaĵojn. En kartona dosierujo estis klasita tuta tekstaro el gazet-devenaj vortoj kaj literoj: la anonimletera kolekto. Tuj Karal rimarkis ke da ili estas pli ol kiom Jendrik fotokopie transdonis al la valĉefa police.

Fakte, la unua elstaris, ĉar ĝiaj literoj estis gluitaj sur alispeca, pli kruda papero. Ĝi tekstis:

Via frato estas bela viro, pli bela ol vi. Almenaŭ tion pensas via nefidela sed fi-bela edzino. Demandu ŝin. Ŝia respondo vin nepre interesos. Kial ŝi diris ke ŝi iras serĉi perditan familion dum ŝi pasigis la semajnfinon en Kastelomara kun la alloga bofrato?

«Ej, Ĝako, ĉu vi sciis pri...» Karal komencis demandi kun la okuloj ankoraŭ al la anonimaĵo. Li sentis apud si surprizsalton. Lia kolego videble estis tro abrupte elskuita el koncentriĝo super la porna bildaro, kiun li foliumis. Li embarasiĝe balbutis:

«Pri... pri kio?»

«Onidiro ke la edzino de Aleksandro Jendrik – Tereza, ĉu ne? – jes, ke Tereza Jendrik kaj la bofrato Jankarlo gekuŝadis?»

«Ne, mi neniam aŭdis pri tio. Se la afero okazis, ili certe sin gardis, ke neniu en Valmu ĝin divenu.»

Jano reprofundiĝis en la studon de la leteroj. Kaŝlevinte la okulojn, li amuziĝe konstatis ke la policisto hezitas repreni la pornaĵon.

«Tiu dokumento estas parto de la enketo, ĉu ne?» li diris okulumante, kun gesto al la fotlibro. «Trastudu ĝin se vi volas. Ĉiaokaze vi ne povas helpi min. La leĝo postulas ke estu atestanto dum mi traserĉas la oficejon, sed li povas fari ion ajn.» Ĝako hezitis, rigardis taks-prove la detektivon, kaj ridetante eksidis en unu el la apogseĝoj kun la ge-nudula libro.

Jano dume plu foliumis la leterojn. Subite li fajfis ekscitiĝe. Novan interesaĵon li trovis, jene:

Ne estas dubo ke la loĝantaro de Valmu, ties gazetaro kaj oficialaj instancoj ege interesiĝus pri la fiagoj kiujn vi faris en 1952 en Miramont kaj pri iliaj tragikaj sekvoj. Se vi volas eviti la koncernan rivelon, venu sabaton la 3-an de septembro je la deka vespere al Monto Baruna. Mi atendos vin ĉe la t.n. Vojkruco de l' Taksuso, antaŭ la vojeto kiu kondukas al la ĉaledo de s-ro Rijoka. Mi atendos vin ĝis la deka kaj duono.

Bonfarúl

«Jen kial li alsupris dum tiu sabata vespero», diris la uniformulo.

«Jes», Jano aprobis. «Oni volis ke li iru tiun vojon...»

«Ĉu vi opinias ke s-ro Rijoka estas implikita?» Ĝako demandis.

«Mi dubas. Aŭ pli ĝuste, eble li estas, sed tion ni ne povas konkludi el tiu ĉi letero. Ŝajnas esti nur precizigo pri la loko rendevua. Tamen ni informiĝos pri Rijoka. Kiu li estas? Ĉu vi konas lin?»

«Li estas unu el la ekscititoj el la Vinstrato. Spicisto. Li havas funkcion en la ReVa-grupo. Ĉu vi scias pri tiu?»

«Iomete. ‹Vinstrato ne volas morti› ktp, ĉu ne?»

«Jes.»

«Mi ne scias tute certe kiuj estas liaj respondecoj en tiu grupo, sed mi aŭdis ke li ĝin prezidas. Li estas konata kiel bona homo. Prospera butiko, pli ĉar oni amas lin ol ĉar la vendado estas bone organizita. Li tre interesiĝas pri folkloro, malnova urbhistorio, lokaj popolkantoj, k.s.»

«Bone. Mi foje vizitos lin.»

Kaj Jano plu studis la paperojn de la arkitekto.

Fininte tiun laboron, li iris kun Ĝako al la banko kie s-ino Jendrik konservis monŝrankon.

Ankaŭ ĉi tie la serĉo montriĝis frukta. Inter la malmultaj dokumentoj troviĝis anonima letero tute simila al la unua trovita ĉe la edzo, nome:

> *Vi estas bela. Ankaŭ via bofratino estas bela. Tion*
> *pensas almenaŭ via edzo, kiu vizitas ŝin iom pli ol*
> *pure frata intereso postulus. Des pli ĉar lia frato*
> *forestas dum tiuj vizitoj.*

«Strange», diris Karal. «Ĉu ĉiu el la paro malfidelis kun ĉiu el la alia paro? Aŭ ĉu iu skribis tiujn leterojn senbaze por inciti la Jendrik-familion?»

Li prenis la sekvantan dokumenton. Estis testamento. Ĝi enhavis ion mirigan: krom diversaj donacoj al tiu aŭ alia, nekredeble altega sumo iris al iu s-ino Vilma Fortaroko, sen motivo esprimita.

«Vilma Fortaroko!» la detektivo ekkrietis. «Ĉu parenca al la laborejestro de Ejga-Garaĝo?»

«Mi ne scias», respondis Ĝako. «Mi renkontis tiun Fortarokon komence de la enketo, antaŭ ol vi venis el Valĉefa, sed mi nenion scias pri lia familio.»

«Unu plia persono vidota», konkludis Jano, kaj li tiris la trian kaj lastan dokumenton el la valoraĵujo. Ĝi klarigis la duan.

Temis ja pri letero de iu Eriko Malven, privata detektivo en Valĉefa, kiu raportis pri diversaj esploroj kaj serĉadoj, fine de kiuj li akiris certecon ke la filino kiun s-ino Jendrik petis lin retrovi estas s-ino Vilma Fortaroko, kelnerino en la restoracio *Ĉe l' Fiŝo Vostumanta* en Valmu, edzino de Jobo Fortaroko, kiu estras la riparejon en Ejga-Garaĝo, same en Valmu. Ŝi ŝanĝis la nomon al Vilma kiam ŝi estis adoptita de familio en kiu jam troviĝis unu Johana. Akompanis la leteron foto resendita de la detektivo. Ĝi montris knabineton rave ridetantan antaŭ kuko kun kvar kandeloj. Dorse legiĝis: «Johana, kvara naskiĝa festo, 2-an de marto 1951.»

«Tiun Vilman Fortarokon vere benis la sorto», la uniformulo diris. «Ĉu vi vidis kiom ŝi ricevas testamente de s-ino Jendrik? Mi ne imagis ke tiu arkitektedzino havas tian personan riĉon!»

«Ĉiam surprizas la faktoj kiujn elfosas enketo», sentencis Karal. «Sed ĉu tiu ĉi faciligos aŭ komplikos nian serĉadon, mi diri ne povus.»

13

La oficejo de Jankarlo Jendrik prezentis frapan kontraston kun tiu de lia pliaĝa frato. Ĝi ne estis senorda, sed la etoso ne impresis tiel efikece, tiel moderne. Karal trovis ĝin pli homa.

Jankarlo Jendrik estis sveltulo preskaŭ du metrojn alta kun bronza haŭto, nigraj haroj kaj brunaj okuloj kies malhelecon emfazis tre densaj nigraj brovoj kaj nigraj okulharoj pli longaj ol normale ĉe viro. Lia maniero sin teni tuj elvokis sportulon.

Li montriĝis tre afabla.

«Mi atendis vian viziton pli frue», li baritonis.

«Ĉu vere? Kial?» miris Jano.

«Mi ne scias. Eble ĉar mi estas la persono kiu plej bone konis Aleksandron, kaj mi ĉiam aŭdis ke por kompreni misteran morton oni devas plej funde scii pri la forpasinto.»

«Prave. La afero do ŝajnas al vi mistera?»

«Ho jes! Ĉu ne al ĉiuj?»

«Ĉu vi ne opinias ke meĥanika akcidento...»

«Ne tuj post garaĝa kontrolo», la frato interrompis.

«Aŭ malsano? Cerba, kora? Krurparalizo?» Jano sugestis.

«Racie mi devus kredi je tiuj, eble, sed fakte mi ne kredas.»

«Kial?»

«Mi ĵus diris: estas neracie de mi. Nomu tion intuo se vi volas. Eble ĉar Aleks estis mia granda frato kaj mi ne imagas lin venkebla de tiaj fizikaj kolapsoj.»

«Ĉu vi trovis lin entute venkebla? Venkinda, eventuale?»

«Jes. Venkinda. Mi neniam vortigis tion al mi, sed nun kiam vi ĝin diras, ĝi sonas tute trafa. Mi eble pasigis mian tutan vivon provante foje lin superi, sed neniam sukcesis. Kial mi elektis la saman profesion, se ne por brili pli ol li? Sed li estis pli bona. Kial mi ekĵetis min en politikon, se ne por lin renkonti sur sama batalkampo kaj lin faligi teren? Mi eble ŝajnos neakceptinde memcentra al vi, sed jena penso min traflugis: tiu stulta morto frustras min de mia unua ebla venko super li. Preskaŭ certe en la venonta voĉdonado mi venkus lin finfine. Mia partio venkos lian kaj mi nedubeble okupos lian lokon en la Urba Estraro. Sed se li ne plu ĉeestas, ne plu estas venko. La cirkonstancoj ĵus favoris min: lia projekto detrui Vinstraton estis eraro. Politike tia mispaŝo ne lasas homon stara.»

«Kion vi opinias pri lia akcidento, se malsano ne ŝajnas probabla al vi?»

«Ej, se mi scius kion pensi, mi pli feliĉus. Ĝi konsternas min. Mia frato tiom aŭtis tiumonte, kaj li estas rektapensulo, viro konanta siajn limojn. Li ne stirus se li sentus sin laca, dormema, kapdolora. Kaj ne estas – pardonu, estis – kiel tiuj junaj sencerbuloj kiuj eksperimentas je l' kosto de l' vivo. Li ne bremsus nur lastminute se estus ia risko.»

«Kion vi sugestus por klarigi la aferon?»

«Mi ne scias. Ĉu estus ŝanco ke li renkontis iun survoje kiu fuŝis la veturilon? Ne. Tio estus fantaziega. Sekve, se ne estis malbonhazarda akcidento – tre neprobabla post kontrolo ĉe Alsjo – povas esti nur krima fuŝado engaraĝa. Sed kiu tion faris, kaj kial? Neniu havas motivon tie, ĉu?»

«Ĉu vi uzas la saman garaĝon?»

«Ne. Alsjo estas bonega, sed dekstrulo. Mi iras al sampartiano, socialisto, la Fiat-garaĝo ĉe Fontabela Bulvardo.»

«Kaj via edzino?»

Ŝajnis al Jano ke Jankarlo Jendrik iom ekskuiĝis.

«Ŝi efektive vizitadas Ejga-Garaĝon, sed ne nur tiun, ŝi ne estas tre stabila en siaj kutimoj, ŝi iras jen al unu jen al alia.»

«Kiel ŝi rilatis al la bofratino?»

«Al Tereza? Normale. Ŝi...»

La viro iomete embarasiĝis. Aŭ ĉu estis mispercepto de Karal?

«Ili estis tre bonaj amikinoj antaŭe. Nun malpli. Mi ne scias kial. Eble ili tro volis fari ĉion kune, kaj tediĝis unu de la alia.»

«Ĉu vi iam suspektis ke ŝi povus esti malfidela al vi?»

«Malfidela? Ĉu vere vi kredas je fideleco ĉe homoj jam dudek jarojn geedzaj? Mi ne postulus ke ŝi neniam konu alian viron. Estus nehome.»

«Kaj vi?»

«Mi? Kompreneble mi havas am-aferojn. Sed mi ne vidas kian rilaton tio havas...»

«Neniun. Nur tion, ke babilante oni ekscias detaletojn kiuj povas utili al enketo. Diru, ĉu vi konas la albanan meĥanikiston kiu prizorgis la aŭton de via frato?»

«Tute ne.»

«Kion vi scias pri la malamikoj de via frato?»

«Li certe havis multajn. Li kolerigis la islamajn albanojn

per la rifuzo lasi orienti kelkajn tombojn al Mekko. Li kolerigis la amantojn de malnova Valmu per la projekto pri larĝa aŭtoŝoseo laŭ Mikva. Kaj li certe havis ĉiaspecajn malamikojn pri kiuj ni scias nenion. Li estis diktatoreca, ambicia, mon- kaj povdezira. Li ne facile toleris kontraŭdiron. Kiam li sentis emon posedi ion, li ne multe hezitis pri la rimedoj.»

«Ĉu li faris agojn nelaŭleĝajn?»

«Mi dubas. Li estis inteligenta kaj singarda. Li ĝenerale trovis leĝajn manierojn atingi sian celon. Sed skrupulojn li ne multe havis.»

«Ĉu vi scias pri io speciala kion li faris en 1952?»

«1952? Kial tiu precizeco? Unuavide ne. Estas proksimume la epoko kiam li edziĝis. Mi povus scii nenion, ĉar mi estis en Kanado tiutempe.»

«Ĉu vi aŭdis pri minacoj kiujn li estus lastatempe ricevinta?»

«Ne. Li menciis nenion similan al mi. Sed ni ne estis sufiĉe proksimaj kore por ke li rakontu al mi pri tiaj konfidencaj aferoj.»

«Ĉu viaopinie iu malamikis sufiĉe al lia edzino por deziri ŝian morton?»

«Ne laŭ mia scio. Ĉu vi pensas ke ŝin oni celis?»

«Povus esti. Ankaŭ ŝi pereis. Ni ne scias kiu estis trafinda, ĉu li, ĉu ŝi, ĉu ambaŭ.»

La konversacio plu daŭris, aperanta al Jano pli kaj pli senutila. Li fine adiaŭis kaj foriris. El la interparolo elstaris liamense la diroj pri la ama vivo de la paro. Kiel konsideri ĝin laŭ la perspektivo de la anonimaĵoj? Ĉu Jankarlo diris la veron, aŭ ĉu li lerte alprenis senĵaluzan sintenon ĉar lin ĝenis la detektiva sondado? Ne estis facile konkludi.

Malfermis la pordon juna nigrahara servistino.

«Ĉu mi povus paroli kun s-ino Jendrik?» demandis Karal.

Post minuteto, la servistino revenis por inviti Janon sekvi ŝin. Li eniris vastan salonon plaĉe aranĝitan.

«Kiel mi povas utili al vi, kara?» demandis malalta, iom raŭka voĉo.

Refoje la detektivo konsciiĝis pri neĝusta antaŭbildo. Li iel atendis vidi elegantan burĝinon eble iom embarasitan de la ideo fronti al polica enketisto. Fakte li trovis kontraŭ si ne tre grandan virinon kun cigaredo ĉelipe, haroj malnature blondaj, kaj io vulgara en la maniero duonsidi sur brako de apogseĝo. La vorto «kara» direktita al nekonato kaj la skrapa voĉo, preskaŭ vireca, kronis la impreson pri neburĝeco.

Li restis stare, ĉar ŝi ne petis lin sidi, kaj polica regulo rekomendas tre atenti la etiketon. Sed li tion ne ŝatis.

«Mi dezirus babili kun vi kadre de la enketo...» li komencis, perceptante en si ĝenon ne tre kompreneblan, ĉar li kutime sentis sin komforte en plej strangaj situacioj.

«Jes, jes, klare», ŝi kapjesis. «Ĉu vi volas viskion?»

«Ne, dankon», li respondis. «Mi ne rajtas drinki dum mi plenumas oficialan funkcion.»

Ŝi ekridis.

«Hm! Rigida, serioza, severa! Bubeto, mi admiras vin. Mi ĉiam sentas egan respekton al iu kiu observas regulojn niaepoke.» Ŝi ridegis.

«Do, se vi permesos...» Karal provis komenci.

«Permesi mi ĉiam ĝojas», ŝi plu ridis. «Mi eĉ permesas al vi rompi la kontraŭdrinkan regulon. Similan regulon ne havas mi, sed mi starigas ĝin nun kaj tuj, por la plezuro ĝin malobservi.» Ŝi alprenis moke solenan tonon por deklari: «Estas malpermesite trinki alkoholaĵon ĉi tie», kaj, leviĝante kun ironia esprimo ŝi aldonis: «Kaj nun, ek al la rompo! De la regulo, kara, de la regulo. Ne de la botelo!»

Ŝi prenis el ŝranketo botelon kaj provizis glason per impresa dozo da viskio, dum sonis ŝia gorĝa, ne vere natura rido. Ŝi tiam rigardis la detektivon de piede kapen kaj refoje eksplodis per rido.

«Hej, belulo! Ĉu vi restos stare la tutan tempon? Ĉu mian permeson vi atendas? Admirinde! Kara, kara! Vi vere estas aminda bubeto!»

Karal decidis eksidi. Tiu virino impresis lin strange. Unuflanke, ŝi lin korpe allogis, aliflanke ŝia tro familiara sinteno kaj ŝia emo lin konstante moki al li tute ne plaĉis.

«Sinjorino...» li trian fojon komencis.

«Dora, diru al mi ‹Dora›, bela brunharul'. ‹Sinjorino› sonas tiel severa!» Ŝi ridis plu.

«Mi diros kiel al mi plaĉos. Kaj pli plaĉas ‹sinjorino› nun», li diris tute firme. Li daŭrigis:

«Sinjorino, vi eble trovas la aferon amuza, sed multaj parolas pri tragedio. Ĉu lasas vin indiferenta la fakto ke viaj gebofratoj brule mortis?»

«Ne, tute ne, tio tremigas min», ŝi diris mallaŭte. Percepteblis ŝanĝiĝo en ŝi. «Devis esti terura vivofino!»

«Kion vi opiniis pri Aleksandro Jendrik?»

«Mi lin admiris. Li estis viro. Pli ol Jankarlo. Jankarlo estas larĝkora idealisto, Aleks ne.»

«Ĉu por vi larĝkoreco ne estas vira?»

«Efektive ne. Mi ĉiam trovas ke en Jankarlo estas io patrina. Li zorge patrinas pri siaj karaj malnovaj domoj, pri siaj karaj ekspluatatoj. Por mi vireco enhavas kruelecon. Kruela Aleksandro estis.»

Jano komprenis ŝian ĵusan ŝanĝiĝon. Dum li staris tie obeante etiketajn aŭ regularajn principojn, ŝi malestimis lin. Tuj kiam li asertis sian aŭtoritatecon, ŝi taksis lin vira.

Tiu penso lin tiklis flate, kaj li subite ĵetis al ŝi alispecan rigardon. La vulgara esprimo fakte ne forŝtelis la harmonian allogon de vizaĝo beltrajte ĉizita. Ŝi estis bela. La ne tre altkreska korpo estis perfekte proporcia. Li okule karesis la admirindajn krurojn kaj la plaĉajn kurbojn de ŝiaj kokso kaj brusto. Li eĉ komencis trovi ke la vulgara sinteno donas al ŝia ĉarmo pli pikan kvaliton, kiam voĉeto en li admonis: ‹Jano! Ne lasu vin deflankigi de via celo!› Ĉu ŝi perceptis lian preskaŭ palpan rigardon? Li esperis ke ne, sed certis ke jes. Li provis uzi kiel eble plej neŭtralan voĉon por demandi:

«Kruela homo nepre vekas malamon. Ĉu li havis multajn malamikojn?»

«Ho jes, certe. Tial oni lin murdis, ĉu ne?»

«Vi ekskludas akcidentan morton?»

«Jes. Aleks estas la tipo mem de homo kiu altiras murdon.»

«Kiu murdis lin?»

«Al tio mi serĉas respondon ekde la okazaĵo. Mi ne kapablas imagi.»

«Vi tamen konas la faktojn, havis tempon pripensi, rezoni...»

«Jes. Mi konkludis ke estas tiu albana meĥanikisto. Sed mi ne ŝatas mian dedukton. Li estas tiel bela, tiel vira.»

«Ĉu?»

«Ĉu vi ne samopinias? Mi provis delogi lin. Mi foje vidis lin en la naĝejo. Li estas la pratipo de viro. Larĝaj muskolaj ŝultroj, maldika talio, esprimo sovaĝa. Ha! Kia figuro! Tiuj albanoj estas multe pli allogaj ol niaj ĉitieaj moluloj. Aliaj albanoj impresis min same. Ne, ne same. La garaĝisto pli ol iu ajn.»

En Jano konstateble venkis la ĵusa admona voĉeto. Li rimarkis ke ju pli ŝi parolas, des malpli ŝi lin logas. Ŝia obsedo pri viroj, ŝiaj ŝablonaj diroj pri la vira sekso impresis malnature. Li sentis ŝin kaptita de falsa ideraro, kvazaŭ ŝi estus sorbinta ĝin lude, ĉe l' komenco, sed poste ne plu sciis kiel elludiĝi. Ĉio ĉi lin repuŝis per sia malvereco, kvankam verdire li samtempe iom sentis kompaton.

«Ĉu via delogprovo sukcesis?»

«Ne. La monstro...» Ŝi paŭzis, kaj dum sekundo ŝia alloga vizaĝo montris esprimon de besta malamo. «La monstro mokis min. Ĉu vi imagas tian pretendemon? Tiu mizera laboristo havas okazon samliti kun riĉa edzino de fama arkitekto, kulturita virino, eleganta belulino, kaj... kaj li kraĉas sur tian oferton! Kiel li povis?»

«Kruela, lia rifuzo! Tio des pli flamigis vin, ĉu ne?»

Ŝi direktis al li intensan rigardon plenan je miro, kvazaŭ ŝi pensus: ‹Ĉu jen fine viro kiu komprenas?›

«Jes», ŝi diris malrapide. «Mi des pli deziras lin. Ofte mi revas pri lia figuro, pri lia nobla sinteno, kaj lia korpo vizitas min dumsonĝe. Sed mi scias ke *neniam* mi havos lin.» La vorton «neniam» ŝi preskaŭ kraĉis, tiom da spitiĝa agresemo ŝi sentis, kaj dum kelkaj sekundoj ĝi vibrigis ion vitran en la ĉambro. Jano decidis ŝanĝi la temon:

«Kaj kion pri via bofratino?»

«Tereza? Kial vin interesus Tereza?»

«Ŝi mortis. Se estis krimo, oni eble celis ŝin.»

«Ĉu vere? Mi ne pensis pri tio. Tereza!»

Ŝi restis silenta kelksekunde, post kio ŝi aldonis per alia tono:

«Kelkfoje oni estas komplete misjuĝita. Mi tuj montros, kion iu miskapulo skribaĉis al mi.»

Ŝi trinkis ampleksan gluton da viskio kaj iris al meblo, ĉe kiu ŝi serĉis tra paperoj relative longan tempon. Fine ŝi pasigis folion al Jano. Estis anonima letero.

«Oni bonintence avertas min ke Jankarlo estas la amanto de Tereza! Kompatinda Jankarlo! Se Tereza virigas lin, li ĝuu pace. Kial mi zorgus? Mi ne scias ĉu estas vere aŭ ne – plej verŝajne ne – sed la ulo kiu sendis tion al mi videble ne imagas ke por mi havi edzon ne signifas ĝin... pardonu, mi devas diri ‹lin›, kvankam verdire Jankarlo... ke por mi havi edzon ne signifas lin posedi.»

«Kiajn rilatojn vi havis kun via bofratino?»

«Antaŭ kelkaj jaroj, tre amikajn. Sed iutage, proksimume kiam mi ricevis tiun ĉi leteron, ŝi fariĝis pli malvarma. Ni nin reciproke vidis multe malpli, sed tamen ĉiam restis amikaj. Eble mi estis kontenta iagrade liberiĝi je ŝi.»

«Vi kunsekvis kurson pri meĥaniko, ĉu ne?»

Ŝi rideksplodis.

«Ha! Vi scias eĉ tion! Bona serĉema fureto vi estas. Je-e-es,» ŝi moke emfazis la vorton, «ni studis me-ĥa-ni-kon. Estis mia ideo. Mi volis aperi kompetenta liafake antaŭ mia albana

73

sopirato. Mi estas inteligenta, fingre lerta. Mi fieras pri mia meĥanika kompetento. Kaj amuzis min skandali la tutan urbon. Imagu! Du elegantaj riĉulinoj ĉe aŭtodissekca kurso!»

«Ĉu Tereza havis malamikojn?»

«Mi dirus ke ne. Ŝi estis tre fleksebla virino. Prezentu al vi: ŝi eĉ ade-ade amikis kun mi, tiel malsama ĉiurilate. Ŝi estis ege tolerema, eble tro. Kulposenta. Kontraŭe al mi! Mi ne havas skrupulojn, sed mi estas malkaŝa. Se io aŭ io alia ne plaĉas al mi, mi ĝin montras tuj. Ŝi estis iom kaŝema, pro ĝentileco aŭ malemo vundi... Ne, mi ne imagas ke iu povis deziri ŝian morton. Ŝi ŝtopis la vojon al neniu, male al la edzo.»

«Ĉu vi havas infanojn?»

«Ne.»

«Kaj ŝi? Ĉu ŝi havis?»

«Ne. Ŝi ne naskis idojn de Aleks, tion mi garantias. Ĉu antaŭe? Ne, mi tion scius. Sed strange, kvankam bonaj amikinoj, ni neniam parolis pri nia respektiva pasinteco.»

Ŝi paŭzis enpensiĝe, kaj returnis logeman vizaĝon al Karal, mielvoĉante:

«Belulo, ĉu la oficiala parto de via vizito baldaŭ finiĝos? Ĉu ni transiru al neoficiala?»

«Unu pluan demandon,» Karal diris kun firma tono tamen enhavanta humuran nuancon, «kaj ni transiros al la neoficiala. Kion la nomo ‹Vilma› sugestas al vi?»

«Vilma? Mi konas neniun tiunoman. Ĉu nun la neoficialan parton...?» Kaj ŝi paŝis tute proksimen al li kun vampirina ondomovo.

Sed Janon jam de kelktempe ŝia bela korpo ĉesis tenti. Li prononcis:

«Tute lasta demando unue: Vilma Fortaroko?»

«Fortaroko? Ĉu ne estas tiu perfidvizaĝulo en Ejga-Garaĝo? Kiu estas Vilma? Lia edzino? Fratino? Mi ne konas.»

Karal levis sin. «Dankon pri via afabla respondemo», li diris. «Nun ni transiras al la neoficiala parto. Ĝi konsistas el mia foriro. Ĝis revido, Dora!», kaj, levinte manon al la buŝo, li sendis al ŝi distancan, mokan kison, post kio li paŝis al la pordo, ĝin malfermis, kaj rapidis for. Ŝi lin rigardis senvoĉe, kvazaŭ trafite de fulmo. Videble ne tion ŝi atendis.

15

Montriĝis ke Aleksandro Jendrik neniam faris testamenton. Tial ke li ne havis infanojn kaj ke ankaŭ lia edzino mortis, la tuto de lia riĉaĵo destiniĝis al la frato Jankarlo, lia sola vivanta parenco. Tiu heredaĵo estis fabela. Aleks Jendrik pli riĉis ol imagis la valmuanoj, kaj ili ne emis rigardi lin senhava. Li posedis akciojn aŭ aliajn valorpaperojn el tre prosperaj entreprenoj, kiel la proksima minejo, diversaj publiklaboraj firmaoj, medikamenta industrio, ktp. Krome, li proprietis imponan riĉon el nemoveblaĵoj.

Pri ĉio ĉi, kaj ties signifo rilate la krimon, Jano Karal meditis dum li paŝis survoje al la restoracio *Ĉe l' Fiŝo Vostumanta*. Estis la tria posttagmeze, kaj suno brilis varme en sennuba ĉielo. La promeno laŭlonge de Mikva tre agrablis al la okuloj, sed la tro peza aero malhelpis ĝin plene ĝui. Tiu prema atmosfero sendube anoncis fulmotondron.

La *Fiŝo Vostumanta* estis senklienta tiuhore, kiel atendis Jano. Kiam li envenis, virino tridekjara alpaŝis malrapide al li, kun videbla deziro labori nur minimume. Post kiam li klarigis la celon de sia veno, ŝi respondis kvazaŭ indiferente:

«Vilma Fortaroko estas mi. Kion vi deziras?»

«Kie ni povas babili trankvile?» li demandis.

«Ĉi tie. Neniu venos antaŭ longe. Mi estas tute sola.»

Ili sidiĝis ĉe tablo.

Estis agrabla restoracio, malhavanta ĉian lukson kaj pretendemon, sed tute komforta. Ĝi ellasis ĝeneralan impreson de simpla intimeco. Verŝajne familiaruloj tie ĉi regule frandis hejmecajn kuiraĵojn. Karal rigardis Vilman. Ŝia bruna hararo, pufatufa, havis ruĝkuprajn rebrilojn, kaj ŝia haŭto tre freŝan, rozecan aspekton. Relative altkreska, ŝi estis, se ne bela, almenaŭ plaĉa laŭ natura, kamparana maniero. Aŭ pli ĝuste ŝi estus plaĉa se ŝia tuta sinteno ne esprimus ĉioampleksan indiferenton, kvazaŭ la tuta vivo enhavus nenion interesan. Viglo al ŝi mankis, kaj tio iel fuŝis portreton sen tio nepre ŝatindan. Karal sin demandis ĉu ŝi jam scias ke ŝi heredis riĉegon.

«Kion vi opinias pri la akcidento en kiu pereis ges-roj Jendrik?» li komencis.

Ŝi dum momento rigardis kvazaŭ nekomprene.

«Kiel mi povus ion opinii?» ŝi rebatis.

«Nu, tamen, via edzo laboras en la garaĝo kie...» Jano ne finis la frazon, sed ŝi ne rapidis respondi.

«Ĝuste», ŝi fine vortis. «Eĉ li kiu tie laboras komprenas nenion. Kiel do mi povus?»

«Kian impreson vi havis pri s-ro Jendrik?»

«Neniun. Mi lin vidis kelkfoje, eĉ ĉi tie, sed ne vere konis lin.»

«Ĉu vi aprobis aŭ malaprobis liajn projektojn?»

«Politiko estas afero por viroj. Al mi estas egale.»

‹Tiu lasta frazo›, pensis Jano, ‹povus esti via devizo.›

«Kaj pri lia edzino, kia estis via impreso?»

Brilo – ĉu ruza? – pasis tra ŝiaj okuloj, kaj ŝi ŝajne hezitetis antaŭ ol respondi.

«Mi ŝatis ŝin», ŝi fine diris. «Ŝi estis eleganta, bela virino. Ŝi rilatis al mi tre amike. Mi ne komprenis ŝin. Ŝi kelkfoje venis sola al la restoracio, kiam estis preskaŭ neniu, kaj ŝi petis min sidi ĉe ŝia tablo por babili. Ŝi estis tre sola. Ŝi parolis pri mi. Ŝin interesis la fakto ke mi estas orfa, nenion scias pri la veraj gepatroj. Ŝi estis bonkora. Kelkfoje, lastatempe, ŝi alportis donacetojn.»

«Kiel vi reagis al tiu stranga konduto?»

«Komence mi ne ŝatis. Ĝi kvazaŭ humiligis min. Mi abomenas kompaton de pli riĉaj ol mi. Sed mi komprenis ke ŝi faras ĝin ne pro ia supereca sento, sed ĉar io ŝin turmentas.»

«Kio?» unuvortis Jano Karal.

«Ŝi havis infanojn. Ili – mi ne scias kiel aŭ kial – estis forprenitaj de ŝi. Ŝi diris plurfoje: ‹mi havas filinon viaaĝan sed mi ne konas ŝin›. Strange, ĉu ne? Ŝi havis turmentoplenan vizaĝon.»

«Ĉu vi scias ion pri via infaneco?» la detektivo demandis.

La nuanceto de ruzo iom pliiĝis.

«Mi estis forlasita kiam mi estis kvinjara», ŝi diris trankvilavoĉe. «Pri miaj antaŭaj cirkonstancoj mi memoras nenion. Eble mi devenas de burĝa familio?»

La esprimo unue indiferenta, poste ruzeta, cedis lokon al ĝua rideto.

«Estus amuze, se laŭdevene mi estus burĝino. Mi, burĝino!» Ŝi ripetis plurfoje tiun vortoasocion kun la mieno de frandema knabineto ĝuanta bombonon.

«Kiu edukis vin? Kie?» la detektivo scivolis.

«Orfejo, unue, monaĥina. Poste farmista familio.»

«Kaj pli poste?»

«Pli poste mi venis urben kiel servistino, sed mi ne taŭgis en altklasaj familioj, kaj mi fariĝis kelnerino, unue en kafejoj, poste en restoracioj.»

«Ĉu vi ŝatas?»

Denove ŝi rigardis lin kvazaŭ la demando estus sensignifa. Karal diris al si: ‹Oni povus pensi ke ŝi ne havas sentojn›, se escepti la momenton kiam ŝi fantaziis sin burĝino.

«Ne estas malagrable», ŝi fine respondis.

«Kie vi renkontis vian edzon?»

«En restoracio kie li manĝadis.»

«Kie vi estis sabaton la 3-an de septembro?»

«Ni ambaŭ estis en Trilarika, mia bo-vilaĝo, t.e. la vilaĝo de mia edzo. Liaj gepatroj aranĝis grandan familian kunvenon okaze de la kvindeka datreveno de la geedziĝo.»

«Ĉu vi havas gefratojn?»

«Mi havas el la farmo, kie mi estis adoptita. Verajn gefratojn mi ascie ne.»

«Ĉu vi konas iun s-ron Erikon Malven?» demandis Jano akre rigardante la kelnerinon. Se tiu demando trafis ŝin, tio apenaŭ videblis. Eble okazis minimuma streĉiĝo de la palpebroj, sed eĉ pri tio la detektivo ne ĵurus.

«Ne», ŝi diris unusilabe.

La interparolo vere malviglis, kaj Karal decidis ĝin fini. Elironte, li havis senton pri malsukceso, kvankam li ne povis klare diri kia espero ne realiĝis. Sed tuj antaŭ ol malfermi la pordon, li turnis sin kaj ekkriis:

«Pardonu, mi forgesis rutinajon.»

Ŝi rigardis lin atende.

«Bonvolu montri identigilon», li petis. Ŝi pasigis al li la identigan karton. Li zorge notis la numeron, same kiel la naskiĝlokon kaj -daton. Kun granda intereso li rimarkis ke ŝi naskiĝis la 23-an de Julio. Ĉar, laŭ la knabinfoto, la filino de Tereza Jendrik naskiĝis en marto, Vilma evidente ne idis el la forpasinta riĉulino. Tiu malsameco ne surprizis Janon, ĉar Eriko Malven ne havas favoran reputacion kiel privata detektivo. Sed ĝi donis nutraĵon al lia emo mediti.

Elirinte el la restoracio, li sin demandis kiel la hereda afero malplektiĝos. Se okazis trompo, ĉu Vilma heredos? Verŝajne jes, ĉar la testamento menciis nur ŝian nomon, sen precizigo kiel «mia filino», kiu pruvus eraron pri la intenco de ĝia verkintino. Se aliaj eblaj heredantoj grumblus, ili verŝajne havus ŝancojn sukcesi en proceso kontraŭ tiu ero testamenta. Sed ĉar s-ino Jendrik ŝajne ne havis parencojn, neniu starigos la pridubadon. Aŭ ĉu eble la ŝtato intervenos kun la espero plenigi siajn kasojn? Stranga situacio!

«Jen perfekta loko», Stefano diris. Karal iris apud la nevon. La vidaĵo estis pentrinda. Tra arko el branĉoj riveliĝis okulkaresa porcio el la valo, de la transriveraj montetoj, verdaĵ-kovritaj, ĝis la piedo de Eta Baruna, kun intere simfonio el diverskoloraj kampoj, rivero kaj vilaĝeto, kies domoj aspektis kvazaŭ ili kuniĝis rifuĝe por serĉi protekton ĉe alta preĝeja sonorilturo. Ŝtonegoj troviĝis tute taŭge por sidado, kaj la du viroj tiris el dorsosako la piknikon.

Stefano, kompense por tutdimanĉa laboro super urĝaĵoj, ricevis libertagon, kaj la detektivo decidis uzi la okazon por diskuti kun li la disajn scierojn pri la stranga akcidento.

«Mi vin delonge ne vidis, kaj mi ne povis raporti la konversacion kiun mi hazarde aŭdas inter mia kamarado Petro kaj lia amatin'», la junulo komencis, kun tipe sanktavalaj fraztono kaj elizimanio.

Krako aŭdiĝis ie en la arboj, kvazaŭ branĉeton besto tretis, aŭ defaligis sciuro.

«Kiu ŝi estas?»

«Ŝi nomiĝas Ana Rijoka, kaj...»

«Rijoka?» interrompis la policano. «Kie mi aŭdis tiun nomon?» Kaj preninte el poŝo notlibreton, li komencis ĝin foliumi.

«Li estas spicisto en Vinstrato», klarigis Stefano.

«Spicisto el Vinstrato? Jes. Tio elvokas ion, sed... Diable! Mi aŭdis tiun nomon ie.»

«Nu,» la junulo daŭrigis, «la filino aludis sian patron, diris ke li iĝis nerva ekde la morto de Jendrik, ke ŝi faras al si demandojn pri li, kaj prononcis jenajn misterajn vortojn, kiujn miaopinie vi nepre devas koni: ‹ili estis vere minacaj kelkfoje›. Krome ŝi trovis ankaŭ Petron neklarigeble nerva. Ŝajnis ke ŝi pensas pri la ebla kulpeco de ambaŭ patro kaj amato, ne scias ĉu estas io prava en ŝiaj duboj, kaj troviĝas komplete kaj time konfuzita.»

«Ha jes! Mi memoras», Karal diris, trovinte la ĝustan paĝon. Ekscitite, li ekstaris kaj komencis paŝi tien kaj reen. «Estis en anonima letero al s-ro Jendrik. Iu petis lin veni apud la vojon kondukantan al la kabano de s-ro Rijoka, sur monto Baruna. Tiu letero tre gravas, ĉar precize ĝi ebligis la akcidenton. Temis pri ĉantaĝa afero, kaj al tiu rendevuo la arkitekto veturis surmonte en tiu tragika vespero.»

«Ĉu tiu spicisto estas implikita?» Stefano demandis.

«Tiun eblecon ni ne preterlasu. Kiam mi vidis lian nomon sur la letero, mi pensis ke estas nur precizigo pri la loko kie la renkontiĝo okazos. Sed nun se la filino mem de tiu vinstratano konsideras la eblecon ke ŝia patro kulpus, tio vekas demandojn. Des pli ĉar la loĝantaro de Vinstrato havis speciale fortan malamon al Jendrik.»

«Kaj Petro Balgana?»

«Ĉu eblus ke li estus la engaraĝa plenumanto de plano ellaborita de tuta grupo da vinstratanoj, de la fama ReVa-asocio?»

«Teorie oni povus imagi ion similan. Sed se oni pensas pri la konkretaj homoj, mi kredas ke ne. Unue ĉar Ana montriĝis pli dubema ol certa: ŝi konstatis pli grandan nervecon en la du viroj kiuj al ŝi plej proksimas, ŝi pensis pri ebla kulpeco, sed ne de ambaŭ kune – mi ne bone esprimiĝis kiam mi ĵus rakontis. Videble ŝi demandis sin ĉu unu el ili kulpis, kaj, se jes, kiu. Sed pri kunplanado ŝi havis neniun ideon. Due, simple ĉar Rijoka kaj Petro tute ne akordas. La spicisto malaprobas la amon de l' filino al tiu ŝmirmana junul' – kiel li diras. Spicisto havas purajn manojn, garaĝisto ne...»

«Kia stulta juĝo!»

«Stulta jes, sed efektiva.»

«Tamen, la ideo pri kunkulpeco...»

«... ne taŭgus ĉi-kaze,» Stefano frazfinis, «ĉar Petro ne tuŝis la aŭton. Estus neeble ke mi tion ne vidus. Mi ja estis tre atenta la tutan tagon, ĉar la veturilo de la arkitekto staris en mia garaĝ', kaj mi laboras tie *precize por informiĝi pri Jendrik*, pro la anonimaj leteroj. Se iu sabotis la veturilon, povas esti nur Halim. Sed kunkulpeco de Halim, Petro kaj Rijoka estas neimagebla. Ili apartenas al tute malsamaj mondoj.»

«Jes, vi sendube pravas. Kial Petro implikus sin en tian riskan aferon? Li ja ne havas motivon.»

«Kaj ĉu Halim havus motivon?»

Karal pripensis silente. Milda vento dancigis la branĉojn antaŭ ili. Boateto pasis sur la rivero malsupre, kaj en unu paŝtejo, piede de la monto, du homaj punktetoj antaŭenigis vastan senordan ŝafaron, ludil-aspekte.

Dum la silento daŭris, sciureto aŭdace venis ŝteli nukson falintan el sako piknika. Sed la du viroj ĝin ne vidis, tiel firme ilin katenis ilia rezonado.

«Eble tiu afero de la tomboj?» dube prononcis Karal. «Ŝajnas al mi nesufiĉa motivo por organizi mortigon per aŭtofuŝado. Eĉ pli riska ol simpla ponardofrapo foje dumnokte, eventuale kun noto diranta: ‹La albana komunumo kondamnas tiun kiu

85

ne respektas la religiajn devojn de alia gento›, aŭ io simila. Se la tuta albana kolektivo solidarus, la polico neniam sukcesus trovi la kulpulon. Ili ĉiuj povus falsalibie kovri unu el si.»

«Vi scias, Kara-Karal, mi min demandas ĉu tiu afero pri la albana krimmetodo ne estas pure kaj nure antaŭjuĝo. Kliŝo. Ĉar Halim havas turkaspektajn lipharojn, ni fantazias lin kiel sovaĝulon kun tranĉilo interdente, nokte luppaŝantan serĉe al viktimo. Sed tiu estas kina aŭ romana bildo, ne karna estul'. Halim estas moderna homo, meĥanikisto, ne sovaĝulo el la albanaj montoj. Mi stas certa ke ne li krimis, sed ne pro tiu primetoda misrezono, nur ĉar mi konas lin persone kaj dubas ke li entute povus krimi. Tamen vi diras ion kio sonas ĝusta al miaj oreloj: se Halim murdis, tio estas ne pro li mem sed nome de la tuta ĉitiea albanaro.»

«Ĉu vi, konante lin, pensas ke li eble lasis iun veni por fuŝi la aŭton inter la 6-a kaj la 9-a vespere tiun sabaton, ĉu por mono, ĉu por alia avantaĝo?»

«Ne. Vi povus proponi pagi al li milionon kondiĉe ke li faru facilan krimon, li ne faros ĝin. Kaj simile por alia avantaĝo.»

«Kaj ĉu iu povus devigi lin per ia premrimedo, ĉantaĝo aŭ io simila?»

«Laŭ mi, ne. Li preferus malliberi aŭ morti. Precize tion mi trovas ege simpatia en Halim: li ne estas subpremebla. Se Fortaroko minacus kalumnii lin al la mastro por trudi al li agon kiun li ne konsentas fari, li preferus maldungiĝi ol agi kontraŭ la konscienco. Io simila jam okazis al li en antaŭa dungiteco. Li preferis perdi la postenon ol lasi aliajn trudi al li ion kritikeblan.»

«Tiu ĉi afero vere estas incita. La sola persono kiu havis la okazon efektivigi la kriman faron havas nesufiĉan motivon kaj lia karaktero ne konformas kun la krimpostuloj. Kaj tiuj kiuj havus motivon ne povis ĝin plenumi.»

«Kiuj havas motivon?»

«La Fortaroko-paro havus tre fortan motivon. Vilma Fortaroko, la edzino de via laborejestro, heredas riĉegon de s-ino Jendrik!»

«Kion? La edzino de Jobo? Nekredeble! Mi eĉ ne sciis ke ŝi konas ŝin.»

«Laŭ trompa raporto de iu fideteektivo el Valĉefa, Vilma estus la filino de la bela Tereza.»

«Diable! Sed tio memorigas ion al mi. Ĝin rakontis meĥanikisto kiu antaŭe laboris en Ejga-Garaĝo sed poste foriris. Li foje revenis saluti la ekskolegojn kaj rakontis ke hazarde li troviĝis en iu restoracio kie laboras la edzino de Jobo, kaj la Jendrik-paro sidis tie. Vilma rakontis pri sia kompatinda infaneco, ŝi akcentis la kormizeron de iu forlasita de la patrino, kaj videble profunde kortuŝis Terezan Jendrik. Al la ekskolego – kaj ankaŭ, ŝajne, al la arkitekto mem – la tuta afero aperis fuŝa-misa, kiel melodramo odoranta falseecon je cent paŝoj, sed la sinjorin' ĝin sorbis kiel soifanto akvon.»

«Ŝajnas ke plano disvolviĝis por altiri s-inon Jendrik en kaptilon kun la celo senpezigi ŝin je parto de ŝia mono», Jano hipotezis.

«Do Fortaroko estas la kulpulo. Li estras la laborejon, li estas tre sperta meĥanikisto, li havis pli ol simplan intereson: la edzino partoprenis en tuta plano monkapta. Ĉio indikas lin, ĉu ne?»

«Jes. Sed li ne revenis garaĝen post kiam ĉiuj povis vidi ke la aŭto perfekte funkcias. Mi petis Remon kontroligi la alibion. Mia kolego Izidoro vizitis tutan aron da personoj kiuj ĉeestis la edziĝdatrevenan feston. Ĉiuj pretas ĵuri ke la ge-Fortarokoj restis de antaŭ la kvara ĝis noktomezo sen foriri eĉ kvaronhoreton.»

Stefano komike grimacis.

«Kara-Karal! Via kontraŭstaro al ĉio kion mi sugestas estas deprima. Mi sentas ke ĉi tiu sperto vakcinos min kontraŭ plua kunlabor' kun leŭtenanto Remon.»

Tion dirinte li ekstaris, turnante la dorson al la vidaĵo. Jano, kiu lin rigardis, mire vidis lin paliĝi, dum lia buŝo restis malfermita kaj li faris mangeston ne tre kompreneblan. Ambaŭ viroj instinkte silentis. Aŭdiĝis krako: iu trete rompis sekan branĉon.

«Iu nin spionis», flustris Stefano, kaj li kuris for.

Stefano kaj la onklo retroviĝis ĉe la kruciĝo inter du vojetoj. Ambaŭ kapneis al la alia.

«Estas normale», la junulo diris. «En ĉi tiu arbaro tiom abundas vojetoj! Plie, nek vi nek mi estas el Valmu. Ni do konas la eblecojn multe malpli ol lokano.»

«Kia li estis?»

«Li – aŭ ŝi – estis ombro, silueto. Ne tre granda. Mi nenion vidis precize. Nur ke iu staras tie kaj silente forpaŝas. Kiam mi ekkuris, li estis jam malproksime. Estis diversaj vojetoj kaj multaj eblecoj sin kaŝi.»

«Mi esperas», Karal komentis kun peza, serioza mieno, «ke tio ne endanĝerigos iun. Se la spiono ricevis la impreson ke ni proksimas al la vero, ĉu li ne provos likvidi iun kiu povus komuniki al ni ion gravan?»

«Tamen estus pliigi la riskojn», Stefano diris kvazaŭ por sin trankviligi.

«Fakte jes, tio pliigus niajn ŝancojn trovi la murdinton, sed mortigintoj ofte ne rezonas tiamaniere...»

Karal reiris al Valĉefa. Li raportis pri ĉio nova al leŭtenanto Remon kaj iris por viziti Erikon Malven, la detektivon kiu false indikis Vilman kiel filinon de s-ino Jendrik. Se Malven mensogis pri s-ino Fortaroko, tio certe ne estis pro pura humuro. Estis probable ke la fidetektivo kunplanis kun la ge-Fortarokoj por dividi inter si la profitojn de l' falsaĵa investo. Ankaŭ li do havis seriozan motivon likvidi s-inon Jendrik kaj ties edzon, kiu, vivanta, heredus de ŝi.

Malfeliĉe, la detektivo estis for, eĉ eksterlande, laŭ la sekretariino kiu respondis al Karal. Domaĝe! Estus interese prezenti la nekongruajn faktojn al tiu sinjoro. Verŝajne li tuj flaris danĝeron. Al multaj demandoj ekzistis sen li neniu rimedo trovi respondon. Necesos lin malkovri kaj submeti al pridemandado pere de la internacia polica organizo. Bedaŭrinde, tiu sistemo neniam liveras la samajn pens-instigajn elementojn kiel rekta kontakto, ĉar mankas aro da neraporteblaj detaletoj: vizaĝesprimo, voĉtono, okulmovoj kaj multaj aliaj – ekzemple odorŝanĝoj – kiujn la konscia menso ne rimarkas, sed kiuj registriĝas en la primitiva, besta tavolo de la psiko, kie ili plektiĝante fakte naskas intuon.

★

Reveninte Valmuon, Karal iris al la loĝejo de Patro Manganella, kun kiu li rendevuis. La malgranda sicilia pastro antaŭe konsentis ke la detektivo akompanu lin al la minejo por tie babili kun kelkaj laboristoj.

Ili unue haltis ĉe ligna barakaro, je kelka distanco de la minaj instalaĵoj, kiujn oni, pro la terena situo, ankoraŭ ne povis vidi, sed kies bruon oni tamen jam bone aŭdis.

«Mi unue montros al vi kiel aspektas tiuj loĝejoj», la pastro diris dum ili eliris el la aŭto.

Tiu loĝloko konsistis el serio da longaj barakoj starigitaj paralele. La pastro eniris la unuan.

Ili troviĝis antaŭ longa koridoro kun vico da pordoj ambaŭflanke.

«Vidu unu el iliaj ĉambroj», diris Patro Manganella, frapante ĉe pordo kaj ĝin tuj malfermante.

«Ho, senkulpigu», li petis retiriĝante. «Mi opiniis ke tiuhore enestus neniu kaj...»

«Ne gravas, patro, male, male, envenu», el interne sonis juna voĉo. Ambaŭ eniris.

Tiu ĉambro estis unuavide ne malplaĉa, kun la lignaj bonodoraj muroj kaj fenestro kiu enlasis belan kvanton da sunlumo. Por pasigi unu aŭ du noktojn estus eĉ tute taŭge. Sed tie vivi semajnojn, monatojn, estus alia afero. Troviĝis nur du litoj, du enmuraj ŝrankoj, du bretoj, tablo ne tre granda, unu seĝo kaj du ne tre komfortaj brakseĝoj. La ejo plenis je aĵoj plej diversaj, kaj oni sentis ke la manko de spaco ĉi tie starigas ne etan problemon.

En unu el la apogseĝoj sidis tre juna viro kun piedo amplekse bandaĝita. Eble lin plej karakterizis la malgrandeco de la kapo, kun vizaĝo preskaŭ malaperanta sub nigra hararo densa kaj abunda.

«Mi ĝojas akcepti viziton», la junulo diris kun fajna esprimriĉa mieno.

«Kio okazis al vi?» la pastro bon-onkle demandis.

«Ba! Akcidento», la laboristo respondis, kaj li detale klarigis kiel fariĝis la afero, dum Patro Manganella interpunkciis lian rakonton per serio da «Aj!», «Uĉ!», «C,c,c!», «Dipatrino!», «Nu!» aŭ «Ma!» kaj da grandaj gestoj en kiuj lia tuta korpo partoprenis.

La pastro prezentis Janon kiel konaton interesatan pri la labor- kaj vivkondiĉoj, silentante pri lia polica aparteno. La juna laboristo estis albana.

«Ĉu la trinkbutiko estas malfermita nun?» la siciliano demandis.

«Jes», respondis la alia.

«Do mi iros aĉeti tri kafojn, se vi volas, estos pli agrable», kaj antaŭ ol atendi respondon, li jam estis for.

«Mi dankas lin pri la ideo alporti kafon», la junulo diris al Karal. «Rigardu ĉi tiun ĉambron, oni eĉ ne rajtas havi porteblan gasan aŭ elektran forneton, tiom ili timas ke la barako brulus. Oni do ne povas varmigi eĉ unu tason da akvo!»

«Ĉu longe vi loĝos ĉi tie?» Jano demandis.

«Oj, se mi scius! ‹Portempa loĝado›, ili diris, ‹atende ĝis domoj pretos por vi›. Portempa loĝado! Portempe definitiva, sen ia dubo.»

«Unuavide tia ligna barako ne ŝajnas malkomforta.»

«Unuavide ne. Ĉar mi estas sola nun. Sed se vi aŭdus la bruon! Nenia son-izolo! Se iu enbarakiĝas piedpinte je la dua matene, tenante la ŝuojn en la mano por ne brui, lia kata moviĝo resonigas la tutan konstruaĵon ĝis la lasta ĉambro. Kaj se vi aŭskultas transistoron aŭ volas kanti aŭ ludi muzikon dum pluvas ekstere, kion vi fakte bezonas por iom malstreĉi vin post plena tago da minaj-elfoso, ĉu ne?, vi partoprenigas la tutan loĝantaron en via koncerto!»

«Kelkfoje devas esti neelteneble», Jano komentis kun tono komprenula.

«Kamarado foje ne eltenis. Li estis tre nerva, ege laca, havis gravajn zorgojn eksterlaborajn, nokton post nokto ekdormis nur malfrue. Iunokte, post kiam li finfine ĵus endormiĝis, jen alvenis alia laborulo kiu iom tro drinkis kaj kiu bruaĉis enirante. La dormanto vekiĝis, furioziĝis, kolere kriaĉis, ili disputis vekante ĉiun, eĉ la plej profundadorman, kaj fine la unua kaptis sekurbutonan tranĉilon, kaj la bruinton mortpikis.»

«Terure!»

«Jes. Pro tio la tuta urbeto komencis imagi ke albanoj estas sovaĝuloj kun ponardo ĉezona, pretaj frapi morten ĉe minimuma kontraŭdiro.»

«Efektive, tiu bildo pri la albanoj estas tre disvastigita en Valmu. Mi ne sciis de kie ĝi venas.»

«Krome okazis grava konflikto inter kristanaj kaj islamaj albanoj, ĉar la islamanoj ne trinkas alkoholaĵojn kaj diris ke la tuta afero rezultas el la drinkado. Ni kristanoj pro tio timis, ĉar ni estas malplimulto ĉi tie.»

«Estis tamen vere ke tiuokaze la drinkinto kaŭzis la pasi-ekfajron, kiu...» Karal komencis, kiam eksonis bruego.

«Ĉu vi aŭdas?» krietis la juna albano. «Jen la pastro revenas kun la kafoj. La enirpordo malfermata vibrigas la tutan barakon.»

Efektive, ĉiu paŝo en la koridoro sonoris. Kiel tondre devas esti, se tuta grupo da laboristoj kune koridoras!

«Jen la kafoj», anoncis la pastro kvazaŭ triumfe, enirante kun pleto tritasa. Sed li haltis abrupte, dirante: «Kiaj mienoj! Pri kio do vi parolis?»

«Pri la pikmortiginto kiu ne eltenis la bruon», Karal respondis per malgaja tono.

«Terura afero!» ĝemspiris Patro Manganella. «Jen al kia ekstremo kondukas ĉi tiuj vivkondiĉoj! Ĉu vi scias kiu fakte respondecas pri tiu mortigo? Nek la islamano kiu ponardis, nek la kristano kiu drinkis. Nur tiuj uloj kiel Aleks Jendrik kiuj devus konstrui decajn domojn por ĉi tiuj homoj, sed anstataŭe ilin stakigas ĉi tie kaj dediĉas la komunuman monon al stultaj projektoj kiel konstrui aŭtoŝoseon.»

La pastro bolis kolere.

«La nervojn!» li kriis plu. «La nervojn ili preteratentas. Oni konstante bombastas pri la progresoj de la sano, de la higieno. Sed nervan higienon ĉu ili atentas? Mi ŝatus vidi la grandan Jendrik pasigi eĉ nur monaton ĉi-barake! Li fariĝus murdisto pli rapide ol ĉiuj sicilianoj, albanoj, turkoj kaj portugaloj, kiujn li tiel facile akuzas pri tro fulma ekbolo...»

«Sed feliĉe li mortis», diris la juna vundito.

«Jes, feliĉe li mortis», eĥis la pastro, ne tre pastre.

«Kion oni pensas pri lia morto en la minejo?» Karal demandis.

«La ĝenerala sento estas: uf! Oni kontentas ke li mortis. Neniu komprenas kiel. Kelkaj sin demandas ĉu povas respondeci Halim Uŝtari. La plimulto pensas ke ne.»

«Ĉu oni ne pensas ke Halim sindediĉe agis por likvidi la arkitekton, ĉar estis en ĉies intereso ĉi tie ke Jendrik ĉesu diktatori en la urbaj instancoj?»

«Ne. La plimulto tion ne opinias. Estis efektive ĉies intereso, sed oni ne bezonis lin murdi por tio.»

«Kiel do...?»

«Ĉiuj ja sciis ke ekde la venonta elektado – ne tre malproksima nun – li perdos sian postenon en la urba estraro, kaj en la konsilantaro sian konservativan plimulton.»

«Imprese, kiel bone vi, fremda laboristo, konas la lokan politikon!»

«Ĉiuj el ni interesiĝis pri Aleksandro Jendrik. Oni scias kiom li influis siajn kolegojn. Eĉ ĉe konservativa plimulto la tombeja afero aŭ tiu pri niaj barakoj verŝajne solviĝus facile se ne fuŝinfluus tiu aĉa arkitekto. Sekve, kiam ni havis informojn pri la politika sento de la voĉdonantoj (ni kompreneble ne voĉdonas eĉ pri *niaj* aferoj, ĉar ni havas la honoron estis nur... gastoj!), tio nin tre interesis. Kaj ĉiu komprenis ke por liberigi Valmuon de lia fia influo, oni bezonas nur pacienci ĝis la venonta voĉdonado...»

Karal estus plezure diskutinta plu kun tiu simpatia junulo, kies opinioj malfermis novajn perspektivojn pri la motiv-problemo. Bedaŭrinde, la pastron oni aliloke atendis, kaj la du viroj ne povis resti. Plu traktante la temon, ili elpaŝis al la aŭto.

Ili haltis antaŭ barako apud la minaĵ-eltirejo mem. Ĉi tie la sicilia grandagesta preskaŭ-nano rendevuis kun grupo da albanaj sindikataj aktivuloj. Super la barako, aranĝita kantine, pasis laŭkable ercoplenaj vagonetoj kun ritma, incita grinco.

En la kantino sidis kvinopo laborista. Al ili la pastro paŝis, sekvata de Karal. Frapis la okulojn la malalta kresko de tiuj viroj. Se juĝi laŭ la albanoj kiujn Jano vidis ĝis nun, Halim estis neordinare altkreska. Sed eble la kuniĝo de tiuj malgranduloj estis pure hazarda. La detektivo ekkonsciis ke pri la albanoj, kiel gento, li finfine scias nenion.

La pastro prezentis Janon kiel al la vundito, sen mencii lian veran funkcion. Post nelonge, la konversacio turniĝis ĉirkaŭ la fama akcidento.

«Kelkajn el niaj samgentanoj trafis insultoj enurbe», diris nerva ĵus-eksjuna malaltulo. «Homoj kriis: ‹albanoj – murdistoj› al pluraj el ni. Ĉu vi imagas? Ĉiu malamis Aleksandron Jendrik, ni estas senkulpaj, sed oni tamen igas nin pekkaproj!»

«Ĉu vere?» Karal indigne diris. «Sed kiabaze?»

«Ej, sinjoro, ili ne bezonas bazon. Ni estas fremduloj, kaj tio sufiĉas. Malbonŝanco por ni, ke Halim Uŝtari laboris ĝuste en tiu garaĝo.»

«Sed, honeste, ĉu vi ne opinias ke li povis...»

Karal ne havis eblecon daŭrigi. Ĉiuj sin turnis al li kun malamaj vizaĝoj. Videble lia nura suspekto ilin profunde ofendis. Kolere, ili kriaĉis indignajn protestojn.

«Mia amiko ne imagas Uŝtarin kulpa», intervenis pacige la sicilia pastro. «Li tion plurfoje konfidis al mi. Li nur volis substreki ke se oni rigardas sole la faktojn, Halim staras en malbona pozicio. Ĉu ne tiel, Jano?»

La detektivon surprizis la uzo de la persona nomo, sed ĝi estis diplomatie efika. La albanoj retrankviliĝis. Juna laboristo kun trajtoj kvazaŭ hakile ĉizitaj kaj bluringoj sub okulparo profunde enŝovita ekparolis malgajvoĉe:

«Jes, pri tio vi pravas. Se ni ne konus lin, se ni vidus la aferojn de ekstere, se li estus simpla valmuano, ni konante la faktojn verŝajne konkludus kiel ili.»

«Sed por ni ne estas dubo», prononcis sveltulo. «Halim ne estas tia homo. Kaj kial li farus ĝin? Ne estas viro kiu agas kontraŭkonscience.»

La konversacio daŭris, pri la arkitekto, la garaĝo, la vivkondiĉoj. Ĝi certe interesis Janon, sed fakte alportis nenion novan. La samaj opinioj kiel ĉe la ĵus vidita vundito ĉi tie esprimiĝis.

Kiam la pastro transiris al la sindikata aŭ alia temaro por kiu li rendevuis kun la grupo, Karal ilin adiaŭis kaj iris vidi minan inĝenieron, kiun li deziris pridemandi pri la albanoj. Sed tiu konfesis ke li ilin ne konas. Nenion pli la detektivo eksciis.

Revenante urben, li lasis sin pli kaj pli stampi de unu obseda ideo: se – mensoge pri sia honesta mieno – tiuj albanoj kolektive aranĝis la murdon, estos absolute neeble rompi ilian defendon. La ĉefa sento kiun Jano tiris el sia vojaĝo minejen ja estis impreso pri senmanka solidareco de la albanaj laboristoj. Eventuale eblus uzi la latentan rivalecon inter la frakcioj islama kaj kristana... Sed eĉ pri tio la policano serioze dubis. Kaj li instinkte abomenis tian manipuladon.

Kaj jen lin trafis subite la penso ke ĉi-afere troviĝas du suspekteblaj ampleksaj kolektivoj: la albanoj unuflanke, la ReVa-grupo aliflanke.

‹Nur ke ili ne estu farintaj aliancon inter si...› li preskaŭ preĝe murmuris.

18

Karal malbonhumoris. Lia aŭto nur povis limaki post tiu bovinaro ŝajne pli inklina poete kontempladi la kamparon ol moderne rapidi al novaj horizontoj. Se almenaŭ tiuj brutoj bonorde vicus, eble – kvankam verdire la vojo estis tre mallarĝa – li povus ilin preterpasi. Sed ne! Tiuj pezaj estaĵoj ŝajnis havi ion komunan kun la plej malpezaj gasmolekuloj: tendencon okupi la tutan disponeblan spacon.

Nuboj kovris la ĉielon, neplaĉe, grize, humorfuŝe.

Por nutri sian paciencon, la detektivo provis pensi pri la krimmistero. Sed la sola ideo kiun li sukcesis naski per turmenta cerbostreĉo estis ke li enkete limakas ne malpli ol dum ĉi tiu partopreno, teda kaj malvola, en brutara procesio.

Lin incitis krome la fakto ke Izabela sukcesis trovi nenion pri la okazaĵoj aluditaj en la letero kiu logis la arkitekton al Monto Baruna. La mencio pri «la fi-agoj kiujn vi faris en 1952 en Miramont» antaŭe aspektis promesplena, kaj Izabela, la polica referencistino, ĝenerale trovas. Ŝi havas nekredeble ampleksajn sliparojn kaj notlibrojn, konas parkere ĉiujn esencajn faktojn pri ĉiu kaj ĉio grava, kaj la facileco kun kiu ŝi retrovas en gazeto aŭ arĥivo ĉiujn detalojn pri tio aŭ tio ĉi estas vere superhoma.

Ĉifoje, ŝi konscience legis ĉiujn lokajn kronikojn pri la Miramont-regiono en la gazetaro de 1952, ŝi traserĉis ĉiun dokumenton eĉ nur aludantan al tiu nomo en la koncerna jaro, ŝi eĉ telefonis al amiko de amikino, kies kuzo foje menciis kolegon kun frato en Miramont, sed eĉ tiu persono en 1952 ne loĝis tie. Fakte, ŝia plurtaga esplorado liveris ne unu eron de sugesto, ne unu ombron de fakto interesa.

La tuta miramonta vivo en 1952 – kaj, divenenble, en aliaj jaroj – ŝajne resumiĝis en tiajn imponajn altmomentojn kiel la fakto ke «la nova prezidanto de la muzika societo *Dieso kaj Bemolo* surprizis ĉiujn prezentante sian inaŭguran paroladon sub kanta formo», ke «junulo gimnastikanta ĉe nefermita fenestro unuaetaĝa mallerte ellasis trikilograman halteron, kiu krevigis la tegmenton de la veturilo de s-ro N. V., staranta – feliĉe senhome – ĉe la suba trotuaro», aŭ ke «la konkurson por la plej bela virbovo gajnis s-ro Ladika, agrikulturisto en Belkampo-ĉe-Miramont», ktp ktp. Nenion valoran Izabela elfingris.

Finfine la vojo, iom pli larĝa nun, fariĝis rektlinia, kaj Karal povis preterpasi la bovinaron. Sed kiam, post ne tre longe, li alvenis en Miramont, liajn nervojn trafis plia turmento: okazis tiutage brutfoiro kaj nenie li trovis lokon por restigi sian veturilon. Post turniĝado kaj rondirado en tiu nekonata urbo, kie ĉio ŝajnis al bovoj permesita, sed malpermesita al aŭtoj, li fine malkovris duonloketon kie duono de la veturilo povis stari leĝe kaj duono eksterleĝe.

La urbo mem ne plaĉis al li. ‹Senkaraktera›, li verdiktis. La magazenoj estis banalaj, la domoj stereotipaj, la stratoj mallarĝaj, kaj ŝajne ne eblis eskapi el prema bruta odoro kaj el «Muuuu, muuuu»-muĝado, kiu konstante fonis.

Li alvenis al ronda placeto sur kies akso verdigre fieris «Norberto Klakavip, poeto de kamparaj beloj, Miramont 1801–1868», kaj kiam li provis informiĝi pri la vojo policejen, la aknovizaĝa junulo al kiu li sin turnis aperis pli malvolonte senkonsila ol la centra statuo mem. Impresis, kvazaŭ li estus demandinta pri malicaj fantomoj.

Trovinte sian celon post longa klopodado, li ne brulis per fajra entuziasmo kiam li vortigis sian peton al la loka policisto. Ties rigardo, kiam li prononcis «1952», igis la detektivon senti sin krimulo.

Tamen, la lokano konsentis traserĉi. La arĥivaj raportoj rivelis neniun interesan fakton, nenion rilatan al ebla fiago de s-ro Jendrik: nur etajn ŝtelojn, akcidentojn, perdojn sen unco da mistero. Male, el la malnovaj hotelslipoj montriĝis ke Aleksandro Jendrik loĝis dum unu semajno en Hotelo Moderna en 1952. Sed pri tio, kion li faris tiuokaze, kompreneble troviĝis nenia informo. Malgraŭ la duba esprimo de l' policisto, Jano decidis tien iri.

Se juĝi laŭ la nuna aspekto, Hotelo Moderna ĉesis moderni ĉirkaŭ 1915. Kontraste, la nuna posedanto kaj liaj dungitoj tute novis: ili ne laboris en ĝi pli ol kvin jarojn. La antaŭaj posedantoj jam mortis, kaj restis hodiaŭ neniu el ilia dungitaro. Pri 1952 kaj iu s-ro Jendrik neniu sciis ion ajn.

Karal pli kaj pli malespere promenis tra la urbo. Li alparoladis eksjunulojn kiuj povus memori ion el 1952. Li montradis la foton de la arkitekto kaj de ties edzino. Li eniradis butikojn kaj demandadis ĉiam same. Nenia rezulto. Evidentiĝis ke la fama valmua arkitekto – kies reputacio tamen atingis Valĉefan – lasis en la miramontaj mensoj malpli da spuroj ol vento sur lageto, aŭ ol Norberto Klakavip, poeto de l' kamparaj beloj, sur ĉefurba bretaro antologiplena.

Pro la brutfoiro, la restoracioj estis plenŝtopitaj kaj ties kelneraro nervostreĉa. Pridemandante, Karal sukcesis nur inciti senfrukte.

Laca, li fine revenis al sia veturilo, sur kies antaŭvitro troviĝis informilo pri monpuno: la eksterleĝa duono venkis. Li certe sukcesos malvalidigi la punon – li ja venis kadre de oficiala enketo kaj povos klarigi la situacion – sed la afero tamen estis agaca: neniam bone impresas al la ĉefoj kiam oni ŝajne trouzas sian policanecon.

Stirante hejmen sub la plumba ĉielo, Karal pensis pri la feliĉo de krimromanaj detektivoj. En tiaj rakontoj, homoj havas eksterordinaran memoron. Eventojn 25 jarojn malnovajn iu ĉiam sukcesas priskribi kun svarmo da detaloj. Aŭ se neniu memoras, oni almenaŭ trovas iun dokumenton, iun spuron, kiu malgraŭ la granda tempospaco kondukas al vojo mistersolva. Bedaŭrinde, ĉi tio estas vivo reala, ne verkista elcerbaĵo. Kaj la ekskurso al Miramont montriĝis nevenkeble, neŝanĝeble senfrukta.

Tamen, interesa penso trafis Janon Karal dum li veturis returne: se tiel malfacile estas al policano kaj al profesia referencistino elfosi ian informon pri la agoj de Jendrik en Miramont antaŭ 25 jarojn, kiel albanoj alvenintaj maksimume dek jarojn poste povus sufiĉe scii pri ili por logi ĉantaĝe la arkitekton al la akcidenta loko?

19

«Stefan'!»

La juna viro surprizsaltis. Li promenis tra senhoma kvartalo precize ĉar li volis esti sola kun siaj pensoj, kaj li tute ne imagis ke junulina voĉo povus lin voki tie. Li turnis sin. Mire, li vidis Anan, la amatinon de l' kolego Petro, rapidi preskaŭ kure al li.

Li faris kelkajn paŝojn ŝiadirekte.

«Stefano! Mi petegas vin!» Ŝi ĵus rapidis tiel vigle ke ŝi apenaŭ povis paroli, manke de spiro.

«Kion mi povas fari por vi?» la junulo demandis per voĉo plej kvietiga.

«Ĉu ni povus babili ie en trankvil'?» ŝi sanktavalis. «Mi nepre bezonas vian helpon.»

Stefano rigardis ŝin. Ŝi estis eta, nebela, kun malfajnaj trajtoj, tro granda sensama buŝo, kaj haroj laŭaspekte ne tre puraj. Tamen ŝi havis ĉarmon, kio pruvas ke inter estetika perfekto kaj efektiva seksa logo troviĝas diferenco neklarigebla. Ŝia nuna petega esprimo lin kortuŝis.

«Mi estas libera nun. Kien vi proponas iri?»

Ili trovis preskaŭ senhoman kafejon, kaj kiam la mendaĵoj estis antaŭ ili sur la tablo, Ana neatendite ploris. Stefano ne sciis kiel reagi. Li rigardis la larmojn trankvile flui kaj sian kunulinon aspekti pli kaj pli senhelpa.

«Pardonu», ŝi fine flustris, metante poŝtukon al la okuloj. «Estas nerva reago, mi supozas.»

«Kio okazis al vi?» Stefano demandis per voĉo pli mallaŭta ol kutime.

«Mi vivas en konstanta dubado ekde la morto de s-ro Jendrik, kaj mi ne eltenas plu.»

«Pri kio vi dubas?»

«Ne ŝajnigu vin nescia. Vi perfekte konas mian turmenton», ŝi diris per milde riproĉa voĉo.

«Kiel mi povus?» demandis la juna viro.

«Nu, vi scias. Kiam vi rakontis al tiu polican', en la Maldensejo de la Lama Hirundo...»

«Ĉu estis vi kiu nin spionis?» li interrompis ŝin.

«Mi ne spionis. Ankaŭ mi promenis tiuloke, ege malfeliĉa. Estis bela tago, ĉu ne? Mi paŝis laŭ la larĝa tervojo, kaj jen mi vidis vin kun tiu vir'. Mi tiam ne sciis ke estas policano. Vi ekiris vojeton serĉe al loko de kie oni vidus la riveron, kaj mi decidis vin sekvi. Mi suspektis vin. Vi ja laboras en la sama garaĝo kiel Petro, kaj mi fojfoje pensis ke pri la krimo respondecas eble vi. Mi volis scii. Vi min tute ne aŭdis, tiel absorbitaj vi estis en via diskuto. Sed mi aŭdis ĉion.»

«Kaj kion vi pensis?»

«Mi komprenis ke via akompananto estas policano kaj ke vi estas bonul'. Nur bonulo kaj nur honesta detektivo povis paroli kiel vi parolis. Mi pensis ke eble mi povus helpi vin trovi la veron. Mi timas ĝin. Mi terure timas la veron. Sed dubadi plu mi jam ne povas.»

El la mansaketo ŝi tiris ŝlosilon kaj paperfolion.

«Mia patro estas la prezidanto de la ReVa-grupo, pri kiu vi aŭdis: Marteno Rijoka, la spicisto sur Vinstrato. Vi konas, ĉu ne?»

«Jes, mi konas la butikon.»

«Nu, li havas lignodometon supre de la monto. La ReVa-grupo ofte kunvenis tie...»

«Kia stranga loko!» Stefano interrompis. «Kial ili ne preferas kunveni en la urbo?»

«Estas parto de la ludo. Ili formas bandon da buboj kiuj reludas ludojn el sia infaneco. Tie supre ili retrovas iom misteran, komplotan etoson taŭgan por ilin ravi.»

«Tamen! Plenkreskuloj...»

«Ĝuste plenkreskuloj bezonas retrovi junecan fantazion. Rejunige, ĉu vi komprenas? Estu kiel ajn, la grava punkto estas ke ili kunvenos en tiu kabano venontan sabaton. Jen ŝlosilo de ĝi, kaj plano de la areo. Ĉu ĝi estas legebla?»

«Ho jes, mi bone rekonas. Tre klara plano. Kaj la ŝlosilo?»

«Mi farigis ĝin. Mi konservas mian propran. Estas familia ĉaledo, kaj ĉiu en la familio havas ŝlosilon.»

«Sed kion ekzakte vi volas? Ke mi eniru?»

«Jes. Ili ne alvenos antaŭ la tria posttagmeze. Vi iros pli frue, malŝlosos kaj eniros. Eble vi havos okazon trovi dokumentojn por traserĉi, kvankam mi ne scias kie ili metas ilin. Sed iom antaŭ la tria vi enŝovos vin en la grandan ŝrankon salonan. De tie vi perfekte aŭdos la tutan kunvenon.»

«Ĉu vi opinias ke valoras la riskon?»

«Ne estas risko, ĉar tiu ŝranko estas preskaŭ malplena (nur kelkaj malnovaj tukoj, kusenoj, tiaj aferoj estas en ĝi, sed oni ilin neniam uzas) kaj neniu iam ajn malfermas ĝin. Krome vi povos ŝlosi ĝin de interne. Se mia patro provos preni ion el ĝi, li imagos ke mia patrino aŭ mi forprenis la ŝlosilon lastfoje ĉar ni kontraŭkutime tien lokis ion valoran.»

«Kaj pri kio temos la kunven'?» Stefano dialekte demandis.

«Mi ne scias, sed certe valoros la penon aŭskulti. Kiel vi scias, la ReVa-grupo sendis anonimajn leterojn al Jendrik por lin forpremi el la projekto detrui Vinstraton. En unu el tiuj leteroj ili diris: ‹Vi mortos antaŭ ol Vinstrato›, aŭ ion similan. Mi scias. Mia patro ĝin faris gluante vortojn eltonditajn el gazeto. Mi vidis ĝin liaĉambre. Li estus furioza se li scius.»

«Kaj kiel mia ĉeesto helpos vin el via turmento?»

«Ne ŝajnigu vin pli stulta ol vi estas. Vi scias ke mi panikas je la ideo ke eble mia patro kunkomplotis por murdi Jendrik. Ĉu vi imagas kion tio signifas? Suspekti la propran patron pri mortigo? Havi kriman patron?»

«Sed ĉu vi ne sufiĉe fidas al via patro por opinii la suspekton neebla?»

«Ne. Tio estas mia tragedi'. Mi pensas, eĉ – pli terure – mi *scias* ke li kapablas krimi.»

«Ĉu li estas malhonesta, jam iel malhonestis?»

«Ne. Ne pli ol aliaj similaj butikistoj. Sed pri Vinstrato li estas... kiel mi diru?... patologia. Obsedata. Li naskiĝis tie. Lia patro naskiĝis tie. Lia avo naskiĝis tie. Estas lia vivo. Vinstrato estas kvazaŭ patrino al li. Li ne konsiderus tion krimo. Nur rajta defendo: se oni atencas mortige vian patrinon, vi mortigos por ŝin defendi, ĉu ne? Tiel li iom freneze rezonas.»

«Mi komprenas. Kelkfoje homoj perdas la prudenton se ili tro fervoras pri iu Afero.»

«Ekzakte. Tial mi petegas vin akcepti. Ili certe diskutos la akcidenton, kaj vi ne malpli certe ekscios ĉu ili organizis ĝin aŭ ne. Ho Stefano! Mi petegas vin. Mi surgenue petegas vin. Iru, kaj eksciu la veron pri mia patro!»

Ŝi estis vere kortuŝa. Ŝi rigardis lin per grandaj brunaj okuloj kiel hundo al mastro, hundo sopiranta oston sed ne tute certa ĉu la amata mastro bonvolos.

«Bone», Stefano diris simplavorte. «Mi iros.»

Kaj li enpoŝigis la ŝlosilon.

20

Tuj kiam oni unuafoje vidis s-ron Rijokan, oni sciis ke li ŝatas ridi. La sulketaj okul-anguloj kaj la formo mem de la buŝo, se ne diri de la tuta vizaĝo, surhavis la stampon de konstanta ridado, kaj humuro ĉiam fajreris en la brilaj brunaj okuloj. Altkreska, grizhara, dikbrusta kaj dikventra, li reĝis malantaŭ la vendotablo kiel sukcesa aktoro estras la scenejon, sen ebla kontesto.

En la butiko staris nur unu alt-aĝa klientino, kun eta-eta korpo kaj eta-eta vizaĝo, tiel veste, hare, haŭte griza kaj tiel fordonita al etampleksa kapmovado, ke ŝi nepre elvokis muson mordetantan.

«Kaj kiel mi povas servi al la klienta moŝto?» la spicisto diris kiam la maljunulino eliris, kaj, sen ia kialo, li ekridis per tia senretena rido ke lia dika ventro skuiĝis vibrigante la blankan kitelon.

‹Ĉu al tiu gajulo la filino atribuas turmentan kulposenton? Nekredeble!› pensis Jano, dum li ridete diris:

«Ĉu al s-ro Rijoka mi havas la honoron paroli?»

«Ej, jes, moŝto, Marteno Rijoka, preta vin servi.» La voĉo estis tenora, kaj la melodio pure sanktavala.

«Mi dezirus babili kelkan tempon kun vi», Karal klarigis, dum ekgapis la alparolato.

«Polico», la detektivo aldonis pro lia videbla nekompreno.

«Certe, certe», la alia respondis kun mieno misstreĉa, kvazaŭ ia subita zorgemo ne trovis kapablon sin montri sur vizaĝo tro kutimanta ridi. Li kondukis Janon al postbutika ejo pli malpli aranĝita skribĉambre.

«Mi enketas pri la morto de s-ro Jendrik», Karal komencis, kiam ambaŭ sidis en ledaj remburitaj brakseĝoj, kies stato perfidis jam longan uzadon.

«Certe, certe», la spicisto kvazaŭ aŭtomate ripetis, dum lia vizaĝo provis doni funebran esprimon al muskoletoj delonge firmiĝintaj en tute mala direkto. «Terura morto, jes.»

«Nu, mi ŝatus scii kion vi opinias pri ĝi.»

«Certe, certe.»

Dum longa minuto, s-ro Rijoka aperis senkonsila. Lia vizaĝo estis batalkampo de disaj emocioj. Venkis la tendenco plej profunde radikanta: li ridis.

«Estas malĝentile ridi pri morto,» li pardonpete voĉis, «sed estus malhoneste pretendi funebron dum tiu morto alportis al mi kaj al ĉiuj miaj amikoj plej grandan senpeziĝon.»

«Kial?»

«Vi certe konas, ĉu ne?, la tutan historion. Li volis stumpigi Vinstraton.»

En lia maniero elparoli ‹Vinstraton› estis nuanco adora, miksaĵo el tenereco kaj respekto tute religia.

«Kaj do vi agis por ke li tion ne faru.»

«Certe, certe.»

Li memkontente ridetis, ĝis subite li montris ektimon.

«Ej, polica moŝto, ne imagu ke ni faris pli ol reale. Ni ne aranĝis akcidenton. Ni nur kampanjis, pli kaj pli efike. La tuta urbo sendadis al ni mesaĝojn de subteno. Unuafoje de kiam Aleks Jendrik ekdiktatoris en la urba estraro, unuafoje li stumblis: tiu projekto signis la finon de lia politika kariero.»

«Ĉu vi nur kampanjis?»

Liaj okuloj stelis petole.

«Vi scias, ĉu ne? Fakte ni devus danki la grandan Jendrik.»

«Danki?»

«Jes. Ni ŝuldas al li rejuniĝon. Vi ne imagas kia etoso regis sur ĉi tiu strato antaŭ kvardek, kvindek jaroj! Nia strato estis unika en Valmu, eble eĉ en tuta Sanktavalo. Neniam en ia ajn urbo viglis tia bando da petoluloj, kian ni formis. La buboj el Vinstrato! Birman, Safir, Kalgera, Braŭna, Malgoli, Pribal... Aj, kia bando! Sinjoro, ni spertis kamaradecon kiun la mondo ne fantazius hodiaŭ. Diabletoj ni estis. Vi devus paroli kun f-ino Elmonta. Okdekjara ŝi nun estas. Ŝi estis nia instruistino. Tian viglan klason kiel la nian ŝi neniam havis. Ni suferigis ŝin, sed ŝin regalis per tiom da kora varmo ke ŝi ĉiam konservis plaĉan kormemoron pri ni. Ŝi finfine praktike anis al la bando, kiel speco de morala kaj jura konsilisto, avertante ĝis kie ni povis iri sen transpasi la limojn...»

La tenora voĉo iom malaltiĝis, sed konservante belan, plaĉan sonorecon. Ĝi densis per emocio.

«Kaj kiam Vinstrato estis minacita, f-ino Elmonta kunvokis nin al si. Ŝi entuziasmigis nin kiel antaŭe la klason, tiom ŝi indignis! Vinstrato! Estis ŝia kaj nia universo! Nia kosmo!»

«Kaj kio rezultis el tiu kunsidado?»

«La bando reformiĝis. Preskaŭ ĉiuj ĉeestis. Eksterordinare! Cezaro Birman, Julio Safir, Adamo Pribal, Mateo Sanktajana... Ĉiuj venis kaj ĵuris lukti per la tutaj fortoj por savi Vinstraton.»

«Ĉu la vivo antaŭe ne disigis vin?»

«Ne. Kiam oni pasigis tian knabecon sur Vinstrato, oni ĝin ne forlasas. Promenu ĉi-strate, rigardu la nomon de ĉiu butiko, komparu kun la listo kiun f-ino Elmonta donos al vi. Vi retrovos nian tutan klason.»

«Fakte do la bando neniam malfariĝis?»

«Ho jes, tamen. Ni restis ĉi tie, sed ni edziĝis, havis infanojn, profesiajn respondecojn. Ni ofte vidis unuj la aliajn, jes ja, certe, certe, sed ne ĉiujn kune. Kelkaj estis pli ligitaj al tiu, aliaj al tiu ĉi. Ni estis triopoj, kvinopoj. Ni kelkfoje rivalis. Eĉ sporade fajris veraj profundaj malamoj, teruraj ĵaluzoj. Tamen neniam daŭre. Sed estu kiel ajn, ne plu estis la bando kun bandestro kaj bandanoj, eĉ se grupo simpatie salutis alian en kafej'. Dank' al Aleks Jendrik, la bando reformiĝis.»

«Kaj la anonimaj leteroj?»

«La ideo venis de Cezaro. Vi scias: Cezar' Birman, la librovendisto. Li ĉiam legas krimromanojn. Li ĉerpis el ili tiun ideon, kiu ŝajnis al ni brilega. Estis nia humuro, ĉu ne?, humur' de vinstrataj buboj. Ŝerca petolado. Ankaŭ destinita komprenigi al la granda Jendrik, certe, certe... Sed ne vere minaca.»

«Ĉu vi ne pensis ke estas terura sperto travivi persekutiĝon per anonimaj leteroj? La vivo de multaj fariĝis tre maldolĉa pro tiu kruela metodo.»

«Oj, sinjoro, vi ne konis la grandan Jendrik! Alie vi komprenus. Li estis malvarma, aroganta, kruela. Tio stis nur muŝkareso sur lia dika elefanta haŭto de homo ne plu kapabla senti.»

«Kiel vi reagis kiam vi eksciis pri lia morto?»

«Konsterniĝe. Ĝi iel senigis nin je la ebleco lukti. La vigleco forfalis. Se lia projekto rekreis la bandon, lia morto ĝin preskaŭ disŝiris. Tiu suspektis tiun ĉi, kaj tiu ĉi tiun alian. Estis terura bato por ni kiam la famo disvastiĝis ke estis krima far'.»

«Ĉu vi mem suspektis sambandanojn?»

«Certe, certe, certe, certe. Eĉ mi suspektis...»

Li abrupte interrompis sin.

«Kiun?» Karal streĉe demandis.

«Cezaron. Li tro entuziasmas pri krimromanoj. Ĉu tio ne tuŝis lian prudenton? Tio povus doni la ideon makiaveli.»

«Aliajn?»

«Pli malpli. Eĉ f-inon Elmontan mi suspektis. Ŝi estas tre inteligenta. Ŝi scius kun kiu kunkulpi, kiun persvadi. Kaj siaaĝe ŝi riskas nenion, ĉu?»

«Kaj nun?»

«Nun mi suspektas plu neniun. Mi parolis kun ĉiu aparte. Ili estas bonaj buboj. Ne perfektaj. Kiu neniam friponis al la fisko, tro pagigis naivan turiston, aŭ malfidelis el la geedza sfer'? Sed ne murdantoj. Mi hontas ke mi ilin eĉ nur duone suspektis.»

Lia vizaĝo provis alpreni hontan esprimon, sen pli da sukceso ol antaŭe: lia ridemo tro stampiĝis, kaj la rezulto estis komika.

«Kiam ni sciis ke kulpas tiu albano, ni ĉiuj uf-is feliĉe.»

Jano streĉis sin.

«Vi *scias* ke la albano...» li prononcis emfaze.

«Certe, certe. Estas konate de la tuta urbo ke nur tiu albano havis okazon fuŝmeĥaniki. Ĉu restas ia dubo?»

«Se ne estus dubo, mi ne pridemandus vin», Karal diris serioze.

«Sed kial vi dubas? Li havis fizikan eblon, kompetenton, motivon...»

«Motivon?»

«Jes, ĉu oni ne parolis al vi pri tiu tombeja konflikto? Aleks

Jendrik estis la ĉefa kontraŭstaranto, kun sia manio pri ordo –
‹Ĉiuj tomboj formu bellinian vicon›, li diradis – kaj ankaŭ kun
sia plezuro suferigi malfortulojn. Ho jes, certe, certe, la albanoj
deziris lin en inferon. Inferon islaman, eble, sed inferon.»

«Tamen, ĉu pro tio oni murdas?»

«Ni ne, sed albanoj!» senhonte rasismis Marteno Rijoka.

«Sed ĉu albanoj murdus *tiametode?*»

Jen unuafoje la spicisto sukcesis fariĝi plene serioza. La
ridaj linioj de la vizaĝo kvazaŭ mirakle forviŝiĝis. Li gapis.
Iom da konsterno invadis lian mienon. Ŝajnis ke pafante tiun
frazon Jano detruis tutan mensan defendostrukturon.

«Damne! Vi pravas. Albanoj ponardus», li malrapide diris,
fidela al la loka ŝablono. «Sed se ne kulpas albanoj, kiu do?»

«Tion ni serĉas! Vi, kiu bone konas la urbon, sendube
povus nin helpi. Ĉu vi konsentos?»

«Certe, certe.»

«Ĉu viaopinie, Halim Uŝtari, la albana meĥanikisto,
akceptus murde fuŝi la aŭton por mono?»

«Ne. Ekskludu tiun ideon. Tiuj albanoj estas sovaĝuloj, sed
havas striktan honorkodon, kaj monon malestimas. Ni havis
multajn ekzemplojn pri tio. Albanon – almenaŭ ĉe ni – oni ne
subaĉetas.»

«Domaĝe. Tiu hipotezo estus simpla maniero solvi la
problemon. Nu, kion fari? Mi devas foriri nun. Dankon pro
via afableco. Se vi havos ideon, vi scias kie min trovi.»

«Certe, certe», la spicisto duvortis, kaj li rigardis fikse antaŭ
si, kvazaŭ li penus enfokusigi penson kiu konstante svenadis.

21

Reirante al la policejo, Karal lasis la pensojn ĉeniĝi. Jene:

Strange, pri la filino de Rijoka. Ŝi bildigis la patron ŝanceliĝanta, nerva, kulposenta. Li tia ne estas. Aŭ ĉu la certeco ke Halim maljuste kaptiĝos klarigus lian sintenon? Li tamen ne ŝajnas murdoplananto.

Aŭ ĉu krimis la filino? Pere de Petro ŝi eble havis eblecon iri al la garaĝo, eble uzis petegajn okulojn por delogi Halim. Estas io protektema en la albano. Eble ŝi logis lin, kuŝis kun li, kaj lin per tio ĉantaĝis? Motivon? Helpi al la patro kaj al liaj amikoj, tiom adoremaj pri Vinstrato...

Aŭ ĉu Aleksandro Jendrik provis posedi ŝin, sukcesis, kaj ŝin abrupte forlasis, kruele? Tio kongruus kun lia karaktero. Tiam la krimo estus venĝa. Halim, la justo-defendema, fortika bravulo, kun la figuro de bela sovaĝbesto kaj la delikata animo, ne estas ĝuste tia tipo kiu ne tolerus la ekspluaton de eta malforta virino?

Des pli ĉar Jendrik posedis akciojn en la minejo kie preskaŭ ĉiuj albanoj laboras, eble eĉ li sidas en ties administra konsilantaro. Kiu scias ĉu li ne alprenis tie iun aŭ alian decidon kiu kaŭzis ekstran malamon al li inter la albana ministaro? Kunfluo de motivoj ĉe Ana kaj Halim eble estus la solvo. Se ŝi estas la amdonantino de Halim, ŝi povis, kun siaj okuloj de fidela hundo, tiom konvinke petegi lin ke li konsentis meĥanikan mortigon. Se ne okazus la eksplodo, ĉio ja signus neintencitan akcidenton.

Jes. Sed kial la eksplodo? Ha jes! Supozu ke Petro Balgana, la oficiala amato de Ana Rijoka, konstatis ke ŝi malfidelas de li kun la multe pli bela, pli vira garaĝa kolego Halim. Se li iel eksciis pri la veturilfuŝo, li decidis venĝi sin per tiu eksplodo, atentigante la policon ke temas pri krimo?

Sed kial li ne irus simple informi la policon ke Halim kaj Ana kunkulpis? Eble ĉar li riskus morton, ponardan aŭ alian, tial ke la polico ja ne tuj arestus Halim, ĝi tamen enketus, kontrolus kaj tiel la albano eksciu... Aŭ ĉar li ne estas certa kaj la ideo rekte perfidi kolegon... Sed se li ne estas certa kaj mem eksplodigis la aŭtoruinon, tiam eble estas ne krimo, nur akcidento misinterpretita de Petro!

Se Ana kunkulpas, tio povus klarigi la de ŝi menciitan nervecon de la patro. S-ro Rijoka eble intuis ŝian implikiĝon kun Halim kaj tial provis plene akuzi ĉi-lastan, pensante ke oni arestos la albanon, kiu, pro amo, neniam perfidos lian filinon.

Aŭ ĉu Ana divenis la ligitecon de Stefano kun Karal, kaj rimarkis la junulon kiam li staris ĉe la kunfluejo, kaj ŝi menciis siajn dubojn pri Petro kaj la patro por intence misdirekti la suspektojn?

Se tiu supozaro iel pravas, kiel kontroli ĝin? Ĉu enketi pri la rilatoj inter Halim kaj Ana? Ĉu diskuti kun Petro por timigi lin, montri al li ke oni suspektas lin pri la eksplodo kaj provi ricevi konfeson pri tiu ago kontraŭleĝa?

Ankoraŭ pli kaj pli por fari!

«Onklino Ĝoja?»

La edzino de Jano Karal tuj ridetis rekonante la voĉon de sia amata nevo.

«Jes, Stefano, estas mi», ŝi respondis en la telefonon.

«Aŭskultu, mi trovas eĉ ne spuron de Kara-Karal, kaj mi havas ion urĝan por sciigi al li.»

«Mi informos lin tuj kiam li min kontaktos. Li ne estas hejme.»

«Diru aŭ ne diru, al mi estas egale, sed agu. Jen. Ĉu li rakontis pri la enketo?»

«Jes, kiel kutime. Nur elbobenante ĉion al mi li metas ordon en la ideoj, vi ja konas lin.»

«Bone. Vi do konas ĉion necesan. Pri la ge-Fortarokoj vi scias, ĉu ne?»

«La mistera retrovo de perdita filin', kiu heredas riĉegon? Jes, mi konas tiun felietonon.»

«Bonege. Aŭskultu, mi aŭdis Jobon Fortarokon aranĝi restoracian vespermanĝon kun la edzino. Li rezervis tablon... imagu kie... ĉe Karleto!»

«Ho! Mi jam fantazias al mi vian planon!»

«Estas unika okazo. Mi unue pensis ke mi petos Karleton kaŝi mikrofonon ĉe ilia tablo...»

«Stefano!» ŝi interrompis per ŝokita voĉo. «Ne hororigu min! Mi abomenas magnetofonan spionadon.»

«Sed se vi malamas spioni, mia informo valoras nenion! Mi ne havas viajn skrupulojn, sed la ge-Fortarokoj konas min. Ankaŭ onklon. Nek li nek mi povus iri tien sensuspekte. Sed se vi tuj telefonos al Karleto ke li rezervu al vi la tablon plej proksiman aŭ plej taŭgan el aŭdebleca vidpunkto, vi havos ĝin kaj povos mendi luksan manĝon je la kosto de l' polico, ĉu ne? Samtempe frandante intrigan konversacion, eble eĉ mistersolvan! Vere, mi envias vin.»

«Ne tro optimismu, Stef. Mi faros kiel vi diris, aranĝos la aferon kun Karleto kaj malfermos faŭkege la orelojn por ne perdi eĉ elizion el ilia interparolo. Tio ne estas spioni, ĉar, nu, mi rajtas iri al iu ajn restoracio, kaj se homoj parolas en publika loko kaj mi aŭdas, ne estas mia kulpo, ĉu?»

«Korpo de porko! Vi scias juristi kun la propra konscienco!»

«Sed eble mi aŭdos nur makzelojn funkcii kaj paron diskuti pri la kolor' de la ŝanĝotaj kurtenoj...»

«Tamen, valoras la penon iri. Vi iros, ĉu ne, onklineto?» Lia voĉo fariĝis komike karesa. «Ne elesperigu esperplenan neveton!»

«Jes, Stefano, mi iros. Kaj fidu min. Mi faros mian plejon por ke ĝi estu frukta.»

La rozvanga policisto kun la mallongaj blondaj haroj kaj la atleta sinteno rigardis la envenanton.

«Sinjoro?» li demandis, mensnotante la junan malfortan figuron, la vestojn de neriĉulo, la timetan aspekton de la okuloj kaj la kapon kovritan de senorda nigra buklaro.

114

«Mi nomiĝas Marko Markus», la junulo diris. «Mi ŝatus paroli kun la persono respondeca je la enketo pri Aleksandro Jendrik.»

«Detektivo Karal ne ĉeestas nun. Sed la tuta polico ĉi tie partoprenas en la enketo kaj mi povas aŭskulti vin.»

«Bone. Mi volis informi la policon pri suspektado. Ĉu oni rajtas sendanĝere? Mi ne volus ke poste oni akuzu min pri malvera misfamigo. Ne stas certeco, nur supoz'.»

«Ne estas risko misfamigi. Famo ne eliras el policejo. Ĉio estos strikte konfidenca kaj ni bonvenigas iniciaton kiel la via.»

«Se tiel estas, konsentite. Jen. Mi estas amiko de Petro Balgana, kiu laboras en Ejga-Garaĝo.»

La intereso de la policisto akutiĝis.

«Jes?» li simple diris.

«Nu, mi babilis kun Petro kaj li dividis kun mi ian turmentan pripensaĵon, sed li ne volas ĝin komuniki al la polico, pretekste ke li tro dubas.»

«Li eraras. Ni ĉiam ĉion kontrolas. Se suspekto montriĝas neĝusta, ni ĝin diras al la suspektinto, tiel lia turmento finiĝas. Bedaŭrinde homoj ĝenerale ne komprenas tion. Kiun li suspektas?»

«Kolegon. Li vidis lin espli la paperojn de la estro kiam la kolego kredis sin sola. Ĉi-lasta, laŭ Petro, havas traserĉemon tute ne normalan. Kiakaŭze li tiel agus, se ne por scii kiel eble plej multe kun la celo sin protekti kontraŭ eventuala akuzo? Krome, li laboras en tiu sama garaĝo kie okazis la motorfuŝo aŭ mi-ne-scias-kio. Li laboris en la garaĝo tiun faman sabaton. Plie, foje, Petro sekvis lin post la labor' kaj tiu ulo rendevuis kun alia kaj parolis vigle sed nenature mallaŭte, kvazaŭ ili konspirus. Li ne estas valmuano, kaj, ĉu ne?, eksterulojn oni tamen ne povas fidi tiom kiom samurbanojn. Li ne apartenas al la sama laborista medio kiel la aliaj...»

«Kiel nomiĝas tiu suspektato?»

«Stefano Farnadzo.»

«Kaj kion pli?»

«Nu, ĉio estas intua, malfacile klarigebla. Sed mi sentis ke Petro suspektas, eĉ se li ne volis tion diri al vi. Ekzemple, tiu Stefano ne estas vera meĥanikisto. Li fakte studas en Valĉefa Universitato. Li laboras bone, faris garaĝan metilernon, sed ne estas aŭtenta garaĝisto. Kial li venis labori ĉi tie precize en la garaĝo kie s-ro Jendrik klientas? Kial li venis nur por limigita daŭro kaj precize en tiu tempo la akcidento okazis? Fine, Petro diris, kulpa povas esti nur Halim, Stefano kaj li, ĉar Fortaroko posttagmeze estis for. Tial ke ne eblas imagi la albanon murdinto, povas esti nur la alia, ĉu ne?»

Foriris la junulo. La policisto prenis slipon, rekopiis sur ĝin siajn notojn. Titole li bele skribis: Suspektato: STEFANO FARNADZO.

23

Stefano sin demandis ĉu li ne perdis la prudenton. Stari en fermita ŝranko ne prezentas la komforton de pufa brakseĝo, kaj la ideon ke ŝranko ŝlosiĝas ankaŭ de interne povis naski nur la mola cerbo de stulta spiceja servistino.

«Grrr», li grumblis enmense. Voĉeto en li ja riproĉis moke: ‹Estas facile kritiki Anan, sed neniu devigis vin akcepti ŝian ideon!›

Li furiozis kontraŭ si. ‹Ŝi eĉ ne estas bela›, li pensis, kaj des pli bedaŭris ke li lasis sin logi de ŝiaj grandaj hundaj okuloj kaj de ŝia nekomprenebla ĉarmo. ‹Kiel mi povis tiagrade naivi?› li memkoleris. ‹Ĉu ŝi intence uzis sian seksan logon por faligi min en kaptilon?› Ŝia bildo des pli lin incitis ĉar li ankoraŭ sentis korpinĉon pri tiu eta korpo. Li bezonus paŝi, agi, movi sin, por venki tiun furiozecon. Sed li povis nur stari senmove en ŝranko, ĉar en la kabano nun estis iu.

Subite io ekklaris al li: ‹Stulte mi ŝin akuzas›, li diris al si. ‹Ne povas esti kaptilo, ĉar ŝi scias ke mi kunlaboras kun la polico.› Tamen, ial, tiu penso lin ne plene trankviligis.

Dume okazis nenio. La ulo endoma iradis kaj venadis, kaj li ĉiumomente povis deziri preni ion el tiu damna Stefanujo.

La junulo provis kaŭri. Feliĉe, la ŝranko estis sufiĉe vasta, kaj li sukcesis. Li atendis. Li atendadis. Okazis nenio.

Lin ekkaptis la penso ke se li estus saĝa, li estus preninta kusenon el la breta parto de la ŝranko. Kaj kiam tiu penso lin ekkaptis, ĝi lin tenis. Pli kaj pli obsede li sopiris al kuseno, malbenante sian cedemon al la stulta komplotantino kiu lin enŝrankigis.

Ĉesis la bruo, eĉ ŝajnis kvazaŭ la lastaj sonoj povus interpretiĝi kiel elirado. Ĉu li aŭdacos?

Li aŭdacis. Li puŝis la pordon de la ŝranko, ete-ete. Tra la fendo li rigardis. Neniu. Pli malferme, ankoraŭ pli, tute faŭke. Neniu. Stefano lertamove prenis tri kusenojn el la alia fako de la ŝranko, kaj apenaŭ havis tempon refermi ties pordon de interne kiam laŭtaj voĉoj akcelis lian koron.

La alvenantoj bruis kiel kongresanoj en akcepteja salono. Laŭ la bruo ili estis cent; fakte, verŝajne eĉ ne dudek.

La ĉaledo estis vasta, kvankam tre ŝpare meblita. Tio estis frapinta la junulon tuj kiam li malŝlosis la eksteran pordon. Nun en sia ŝranko li rememoris la grandan rektangulan tablon kun la multaj seĝoj ĉirkaŭ ĝi. Tie, laŭ la bruoj, eksidis unu post la alia la famaj ReVaanoj, bedaŭrinde nevideblaj por la scivola junulo, kiu ŝatus rigardi iliajn kapojn.

Klako, kiel de martelo sur tablon, igis ĉiun silenti. Poste aŭdiĝis tri similaj klakoj, kaj tuj post la lasta la ĉambro kvazaŭ eksplodis per kriado tiel neatendita, ke la koro de Stefano frapegis al li ripon. El dudeko da gorĝoj kvindekjarulaj ja sonis speco de knaba militkrio:

> Vinstrato ja ja
> Vinstrato ja ja
> Vinstrato venkos
> Huraaaaaaa!

Bruo de movataj seĝoj sekvis, kaj denove martelfrapo.

Belsona tenoro anoncis, kun tuj aŭdebla tipa sanktavala prononco:

«Mi deklaras malfermita la duan eksterordinaran kunvenon de la ReVa-grupo.»

Silenta paŭzo.

La sama voĉo ree eksonis, solene:

«Mi kunvokis vin, amikoj, ĉar okazas io grava. Ni ĉiuj pli malpli certiĝis ke la akcidenton, se ĝi estas krima, kulpis la albana meĥanikisto. Ni supozis ke la polico havas la saman certecon, kaj ke se ĝi ankoraŭ ne arestis Uŝtarin, tio estas nur ĉar ĝi serĉas definitivan pruvon. Nu, tiel ne estas. La polico havas aliajn suspektojn.»

Li haltis denove. Malforte aŭdiĝis bruo, kvazaŭ iu muso lignon mordetus. Escepte de tio, regis perfekta silento.

«Kiel vi scias?» iu demandis.

«Polica detektivo vizitis kaj paroligis min. Li videble pridubas la kulpecon de la albano, kvankam li ne diris kiun alian hipotezon li faras. Sed okazis io pli grava. Hieraŭ vespere, mi devis iri al la ĥora ekzercado, kiel regule. Mia edzin' vizitis sian fraton. Ana, mia filino, do devis esti sola hejme. Nu, malsanis la ĥorestro, kaj la ekzercado ne okazis. Mi sekve revenis hejmen neanoncite, kaj enirante...»

Li abrupte interrompis sin. Aŭdiĝis la bruo de akvo verŝata en glason.

«Kaj enirante mi aŭdis ke mia filino telefonas. Rimarkeble, ŝi ne aŭdis min enveni. Io en ŝia tono min surprizis. Mi forprenis miajn ŝuojn por ne brui kaj iris dormoĉambren; tie estas alia, samlinea telefono, ebliganta aŭdi kion ŝi diras. Mi metis la aŭskultilon al mia orel'. Vi ne imagus kiom mi ekmiris!»

Refoja paŭzo. Tiu viro sciis rakonti. Iu movis seĝon, alia tusetis, kvazaŭ por malstreĉi la atmosferon.

«Ĉu vi scias al kiu ŝi telefonis?»

Silento. Peza, peza silento.

«Ĉu al la policio?» demandis voĉo timema.

«Ne. Danku Dion. Ne al la policio. Sed al *De homo al homo*. Vi scias: tiu numero kiun vi povas voki je iu ajn horo por esprimi viajn zorgojn anonime al anonimulo. Oni elpensis tion por helpi homojn kiuj projektas sinmortigon. Ke ili lastminute tamen diskutu kun iu speciale trejnita...»

«Ej, Marteno,» iu interrompis, «ne prelegu pri *De homo al homo*, kiun ĉiu el ni konas, dum nin streĉas senpacienco. Kion Ana diris telefone?»

«Ŝi diris ke la stato de la patro ŝin timigas, ke ekde la morto de la granda Jendrik li iĝis ege nerva, fumas trioble pli, havas zorgan mienon, ktp. Ŝi diris ke mi tre ekscitiĝis pri la projekto aŭtoŝosea, kaj ke mi minacis mortigi la respondeculon propramane. Ŝi aldonis ke ni sendis anonimajn leterojn.»

La aŭdantaro ekbruis obtuze.

«Kion respondis la alia?» vibra voĉo demandis.

«Li konsilis al ŝi ĉion diri al la policio, aŭ, se ŝi ne kuraĝos, almenaŭ al fidinda amiko kiu juĝos ĉu valoras aŭ ne informi la policon.»

Stefano siaŝranke provis senbrue ŝanĝi la pozicion, ĉar la piedo doloris al li. Ĉu li estis la fidinda amiko?

«Sed ion pli gravan mi aŭdis», diris la prezidanto, kaj li paŭzis, dum ĉiu retenis la spiron.

«Ŝi diris ke ŝi aŭdis hazarde konversacion inter policano kaj polica informanto. El tiu ŝi komprenis ke la policio trovis tutan dosieron kun anonimaj mesaĝoj ĉe Jendrik. Tio estas normala.

Sed inter ili estis letero invitanta la arkitekton suprenveturi ĉi tien por diskuti pri neleĝaĵo aŭ krimo kiun li faris antaŭ 30 jaroj. La mesaĝo menciis la ĉaledon de s-ro Rijoka, mian ĉaledon, ĉi tiun ĉaledon en kiu vi sidas. Estis ĉantaĝa letero, kaj la rendevuo estis fiksita je la sabato vespere. Pro tiu leter' ges-roj Jendrik ekiris la vojon al Monto Baruna... kaj morto!»

Eksplodis laŭta sumo el multaj mallaŭtaj murmuroj, demandoj, komentado. La martelo frapis la tablon.

«Silenton, mi petas», aŭtoritatis la tenoro. «Seriozas la situaci'. Ni ĉiuj estas kamaradoj, la famaj buboj el Vinstrato. Ni imagis la anonimajn lerojn kiel ŝercan premmanieron. Sed krimon ni neniam projektis, eĉ kiam nia bola sango igis nin eligi damnovortojn.»

«Ne, ne, ne», pluraj voĉoj kriis.

«Se iu el ni estus uzinta nian anoniman ludon por murdon plani, mi... mi... mi... Nu, ne. Mi tion ne povas kredi. Ne unu el la buboj. Sed ni devas ion fari. Kion?»

Ensalone ŝvebis longa silento. Enŝranke ŝvebis eta polvero. Iel, ial, ĉi-lastan ŝajnis logi la nazo stefana. La junulo sentis emon terni, pli kaj pli pene rezisteblan. Li pensis terurite: ‹Se daŭros la silento, mi ternos.› Samtempe lin tiklis timiga inklino movi la krurojn, kion li ne povus fari senbrue.

Feliĉe voĉeto rompis la silenton. Ĝi mirigis Stefanon, ĉar la parolintoj ĝis nun ĉiam diris «buboj», «kamaradoj», ktp sen «ge»-prefikso, tiel ke la junulo deduktis ke nur viroj ĉi tie sidas. La voĉeto tamen estis ina; ĝi sonis maljune sed firme:

«Mi longe hezitis antaŭ ol paroli. Mi ne volus perfidi konfidencon. Sed ankaŭ ĉi tio estas grava.»

Ŝi paŭzis. Oni sentis ke la afero ne estos facile rakontebla.

«Inter ni ĉi-posttagmeze troviĝas eksbubo kun kiu mi antaŭ

kelka tempo tagmanĝis en la *Barél da Vino.* Tie li rakontis al mi planon per kiu eblus likvidi iun sendante lin al Monto Baruna kaj uzante la lokon kie okazis la ŝton- kaj terfalo kaj la postan deklivon kun akuta angul'. Mi pensas ke tiu nia amiko devus iom rakonti pri siaj tiutempaj ideoj. Kion vi opinias?»

Post seĝbruo, regis denove silento, prema, preskaŭ percepteble horora. Ĝin rompis la tenora voĉo de la prezidanto:

«Vi aŭdis la... kiel diri? ĉu akuzon?... de nia kara f-ino Elmonta. Se la koncernato ne volas konfesi, ni nepre devos fari aranĝojn por trovi la veron. Inter ni tio devas esti ebla. Kaj poste ni decidos kion fari rilate al la polico.»

«Vi ne bezonos fari specialan aranĝon por trovi la veron pri tio», parolis iom naza voĉo. «Mi volonte diros ĝin. Estis mi.»

Stefano interne furiozis ke li povas vidi neniun, do ne la konfesanton. Kaj rekoni unu voĉon inter dudeko da nelistigitaj personoj ne estos facile.

La naza voĉo daŭrigis:

«Mi rakontos al vi. Efektive mi havis la ideon foje kiam...»

Lin interrompis nekredeble brua terno pro kiu la ŝrankopordoj skuiĝis kvazaŭ ene eksplodus grenado. La polvero estis forfalinta, sed plumeto, iel eskapinta el unu el la kusenoj kiujn Stefano estis aranĝinta ĉe si, ĵus trovis la vojon, helpite de junula movo, al la gastama nazo, kiun ĝi sadisme ektiklis. Nur superhomo povus rezisti. Stefano estis nur homo.

Post hororplena silento, ŝajne miljara, kvankam ĝi fakte daŭris ne plenan sekundon, bruego aŭdiĝis, seĝoj falis, homoj ekstaris, oni aŭdis krion «Spiono! Spiono!», kaj manoj malfermis la ŝrankon.

«A-a-a-a-ĉi'!» ripetis Stefano, sukcesante per tiu eksplodo retropuŝi kelkajn sieĝantojn. Sed sola kontraŭ dudek li ne havis esperon.

Kelkaj fortuloj baldaŭ lin tenis kaptita, iu prenis de ie ŝnurojn, kaj post malpli da tempo ol por rakonti la tuton, li troviĝis ligita al seĝo.

Tri frapoj aŭdiĝis. Kaj kun buba entuziasmo, la grupo da kvindekjaruloj skandis triumfe:

Vinstrato ja ja
Vinstrato ja ja
Vinstrato venkos
Huraaaaaa!

«A-a-a-a-ĉi'!» komentis Stefano, kies manoj estis ligitaj malantaŭ la seĝdorso. Kaj per lamenta tono, pri kiu li poste ne fieros, li almetis:

«Mi petas, ĉu vi bonvolus pasigi al mi poŝtukon?»

24

Karal estis en Valĉefa, kie li devis prezenti ateston ĉe tribunalo. Kiam la dudek ReVaanoj desupris ĝis Valmu kaj ties policejo por liveri sian kaptaĵon, sennecese kolbase ligitan, deĵoris la juna atleta policisto kun la haŭto freŝa kaj roza.

Li aŭdis la raporton de dudek ekscititoj, kaj kvankam ĉies atestoj akordis, kio estas maloftaĵo en policaj esploroj, ne estis facile ĉion bonorde noti, ĉar la dudek voĉoj prezentis samtempe ĉiaspecajn diversajn detalojn pri la skandalaĵo.

«Do, vi estos arestita pro neleĝe engliti senpermese en privatan loĝejon», la policisto diris al Stefano, uzante la dialektan kutimon infinitivi post ia ajn prepozicio. Li daŭrigis:

«Vi pasigos unu karceran nokton ĉi tie, kaj morgaŭ la juĝisto decidos. Sinjoroj kaj estimata fraŭlino, bonvolu lasi nin solaj. Mi bone gardos lin.»

Ili eliris kun la brua komentado de homoj kiuj ĵus ĉeestis nekredeblan eventon.

«Kiel vi nomiĝas?» la policisto demandis kiam silento regis denove.

«Stefano Farnadzo», diris la junulo, dum la policisto prenis formularon.

«Stefano Farnadzo? Ĉu vere? Nu, tio estas interesa», li elparolis rigardante la knabon kun akra atento.

Kaj li ĉerpis el tirkesto beltitolan slipon samnoman.

Ĝoja Karal ploris. Ili sidis sur la salona sofo.

La detektivo polmis ŝian ŝultron, premis ŝin al si, kaj faris lulan movetadon.

«Nu, nu», li diris per plej tenera voĉo. «Kial mia Ĝoja malĝojas?»

«Estis plena fiasko, plena stulta fiasko», ŝi singultis.

Ŝi viŝis al si la okulojn. Iom post iom la ekvilibro revenis.

«Mi frenezas doni al malsukceso tiom da graveco», ŝi diris mallaŭte, kaj ŝia voĉo refirmiĝis tute dum ŝi plue dialektis:

«Finfine, fiaski estas parto de la viv', ĉu ne? Kial prie malsaĝi?»

«Jen. Bone. Jen mi retrovas mian veran Ĝojan», la policano diris. «Rakontu do.»

«Nenio speciala rakontindas. Mi iris al la restoraci' de Karleto. Li havigis al ni tablon apud la Fortaroko-paro. Mi diras ‹ni› ĉar mi iris kun mia frato Rikardo; virino sola en tia restoracio ja tro altirus atenton.»

«Nu, kio fuŝiĝis?»

«Rikardo parolis tre laŭte. Mi antaŭe avertis lin, sed li forgesis. Delonge ni ne vidis unu la alian. Li havis tiom por rakonti! Li ĵus revenis el longa vojaĝo. Mi preskaŭ forgesis pri mia komisio. La restoracio estis agrabla, la manĝo bongusta, la vino fajna... Mi tamen re-kaj-re petis lin mallaŭti kaj ne tro paroli, ke ni povu aŭskulti la ge-Fortarokojn. Sed tiuj susuris inter si tiel diskrete ke eĉ unu ‹la› mi ne aŭdis.»

«Ba! Ne gravas. Prezentiĝos alia okazo. Eble eĉ ili diris nenion interesan por ni. Kian mienon ili havis?»

«Feliĉan, radian. Ambaŭ. Eĉ tiu malbela perfidaspekta estro perdis iom el sia falseco dank' al la feliĉa esprimo.»

«Ĉu ili manĝis karajn delikataĵojn?»

«Jes, kaj ĉampanon ili trinkis! Ili certe festis ion.»

«Interese. Vidu, vi ne perdis la tempon, tiuj indikoj estas tre valoraj por mi. Nu, nun ni forgesu pri la devo. Ankaŭ mi ŝatus festeni. Kion vi proponas menue hodiaŭ?»

Kaj li akompanis ŝin kuirejen.

En la valĉefa ĉefpolicejo, kie Karal volis raporti al leŭtenanto Remon pri la lastaj okazaĵoj, du surprizoj lin atendis. Unu estis la informo ke Stefano estas arestita.

«Tre ĝene, treege ĝene por vi kaj por mi», basvoĉis la leŭtenanto. «Konfidis mi malsaĝe al Stefano komision, kaj vidu kien tio kondukas. Admonu lin, donu al li bonan lavon, ke li neniam plu plonĝu eksterleĝen, aŭ mi simple devos malpermesi vin uzadi liajn servojn. Li ĝenerale havas sanan prudenton. Kiel diable li ŝovis sin en tiun malplaĉaĵon?»

Karal akceptis la baton stoike, sed estis konsternita. Li taksis la nevon pli fidinda.

La dua surprizo estis magnetofona bendo, akompanata de letereto kiu tekstis:

Kara Jano!

Mia kuzino Ĝoja parolis al mi pri la graveco scii kio diriĝos ĉe la tablo Fortaroka. Mi rezervis al ili tablon, kiel ili petis, kaj la afero estis facile aranĝebla. Mia granda filo, kiu estas fervorulo, kiel pri elektroniko, tiel ankaŭ pri spionromanoj, aranĝis nevideblan mikrofonon, kaj ilia tuta babilado estas surbendigita. Mi ĝojas pri tio, ĉar mi dubas ĉu oni povis aŭdi ion el la apuda tablo.

Kisojn al la tuta familí,

Karleto

Karal kaj Remon streĉis la atenton kiam la bendo komencis disvolviĝi. Bedaŭrinde, ofte aŭdiĝis pli da oreltordaj bruoj ol da konversacio. Ĉiufoje kiam iu movis pladon, la bruo, laŭtigata, dolorige sonis el la bendo. Tamen oni sufiĉe bone komprenis la interparolon.

Dum tri kvaronhoroj ĝi temis nur pri vojaĝplanoj, manĝoplezuro kaj la amaj aventuroj de la mastro de l' *Fiŝo Vostumanta.*

Tamen, post komento pri la plaĉa etoso kreata de ĉampano, aŭdiĝis jena opini-interŝanĝo:

«Kiaj feliĉuloj ni estas, se ĉion konsideri!» diris la vira voĉo.

«Nekredeble!» la virina konsentis. «Mi apenaŭ sukcesas kredi ke ĝi estas vera.»

«Ĉu vi opinias ke iu kontraŭbatalos la testamenton?»

«Kiu? Ni ne havas rivalojn. La testamento estas leĝa. Ŝi ne diris ke ŝi heredigas la filinon. Ŝi diris ‹s-inon Vilman Fortarokon›, ne donante motivon. Ŝi rajtas lasi sian riĉon al iu ajn, ĉu ne?»

«Sed se la polico malkovras pri via molventra detektivo...?»

«Nu, estis lia eraro, ne nia. Ni ne estas supozataj scii. Li informis nin kaj ni kunaranĝis la aferon, sed li ĉiam diris: ‹oficiale, vi scias nenion; se io ajn okazus, neu›. Se, kiam s-ino

Jendrik petis lin serĉi filinon, li indikis ion falsan, ne estas nia kulpo.»

Intervenis silenta paŭzo, dum kiu aŭdiĝis nur la bruo de la manĝiloj ĉe la murmura fono de alitablaj konversacioj.

«Tamen estas nekredeble ke okazis tiu akcidento», la viro rekomencis.

«Jes. Mi ne povas ĝin kompreni. Se iu volus favori nin, li tiel agus. Kelkfoje mi min demandas ĉu ĉielaj estaĵoj ne enmiksiĝas en la homajn aferojn, tiel mirakla la afero ŝajnas.»

«Mi dubas ke ĉielaj estaĵoj agus tiasence. Kvankam eble estas erare atribui al ili pli da moralo ol al ni. Sed vera miraklo ĝi estas, efektive. Ni esperis profiti el la trompo de s-ino Jendrik, sed ne tamen per tia tuja heredaĵo. Ĝis tio mi neniam fantaziis. Ĉu vi?»

«Mi fantaziis, jes. Sed kutime pensis nur: dum deko da jaroj ni ricevos de ŝi monajn aŭ aliajn donacojn, kaj tiam ŝi testamentos sian havaĵon al mi kaj ŝi mortos, kaj mi estos riĉa.»

«Kaj ni estos riĉaj, vi volas diri.»

Ŝi eligis etan ridon.

«Kiu scias?» ŝi diris. «Se vi ne plu plaĉos al mi...» Kaj ŝi ridis plu.

«Ne faru tian vinagran mienon», ŝi reparolis. «Mi nur ŝercis. Jen trinku! Je via sano!»

Glasoj tintis.

«Kaj ĉefe je la sano de la krimulo kiu faris tiel belan laboron por ni», sonis la vira voĉo.

Poste venis parazita bruo kiu ĝenis la aŭdadon. El la malfacile aŭdebla parto kompreniĝis ke ili faras diversajn hipotezojn pri la krimo. Kiam la bendo refariĝis klara, Jobo Fortaroko estis diranta:

«... komplete mistera. Mi ne povas kredi ke estas Halim. Kaj mi ĵuras ke la aŭto funkciis perfekte kiam mi ĝin provis. Kaj la tri diras ke neniu tuŝis ĝin. Mi fine pli kaj pli kredas al mia unua hipotezo. Estas akcidento: lia kruro paraliziĝis aŭ io simila. Kiel nekropsio povus sciigi pri tia afero kiam korpo komplete brulis?»

«Kaj tiu Stefano? Li ne estas de longe ĉe vi. Eble li faris ion. Mi kelkfoje trovas lin strange scivola.»

«Sed kial li farus ĝin? La samo validas pri Petro. Ili havas neniun intereson en tiu murdo. Ne, certe estis pura hazarda ekmalsano...»

Poste ili transiris al alia temo, kaj la bendo haltis.

La du policanoj rigardis unu la alian, dum longa senbrua minuto.

«Kion vi opinias?» Remon fine demandis.

«Valora dokumento. Ni nun havas kvazaŭpruvon, ĉu ne?, ke la plej-profitantoj ne planis la aferon. Mia enketo per tio ne faciliĝas. Sed estas almenaŭ agrable homojn definitive forigi el la suspekto.»

Remon kapjesis silente, kun profundpensa aspekto.

«Ĉu vi estas vere certa?» Karal demandis al la nevo.

Ili sidis en la apartamento de la detektivo, en Valĉefa, kaj Ĝoja ĵus alportis fumantan pladon. Ŝi konis la frandemon de Stefano, kaj malgraŭ la admonoj de Jano, laŭ kiu tia sinteno forigus la efikon de la skoldo, ŝi volis ke la junulo havu bonmanĝan konsolon post sia aventuro. Fakte, Stefano estis ricevinta severan paroladon de la juĝisto, kaj monpuno estis decidita por li, sed la fakto ke lin petis iri la filino mem de la ĉaled-posedanto kompreneble mildigis la verdikton. Pri tio ankoraŭ revis la junulo.

Karal revortigis la demandon:

«Ĉu certecon vi havas?»

«Jes», respondis la nevo. «Estis en la policejo. Ili forgesis ke mi ne konas ilin kaj do antaŭe ne sciis pri kiu temas. Ĉiuj parolis samtempe, sed mi ne dubas pri mia aŭdado: iu tre nete diris ke mi ternis dum Cezaro Birman komencis rakonti ion gravegan. Kiam li tion diris, mi repensis pri la naza voĉo, kaj ekmemoris: en lia librejo mi ĝin aŭdis iutage.»

«Cezaro Birman», Karal ripetis enpensiĝe, kaj li foliumis sian notlibreton.

«Ha, jen!» li ekkriis, trovinte la ĝustan paĝon. «Estis s-ro Rijoka. Li menciis ke Cezaro Birman, la librovendisto, tre ŝatas krimromanojn. Havis *li* la ideon pri anonimaj leteroj.»

«Laŭ vi», Karal daŭrigis direktante la vizaĝon al Stefano, «li do praktike konfesis la krimon?»

«Ne. Tute ne», la knabo respondis. «Li ŝajne esprimis la planon al f-ino Elmonta. Li havis la ideon kiamaniere murdi per aŭta akcidento. Sed tio ne signifas ke li ion faris.»

«Kompreneble ne», Jano diris, ne tre konvinkita, kvazaŭ li rifuzus vidi ke nova espero trompiĝas.

«Mi eĉ dirus», Stefano emfazis, «ke lia tono estis tiu de senkulpulo kiu pretas forigi miskomprenon.»

«Hm, tamen...» la detektivo prononcis dube.

«Iom pli da legomoj?» Ĝoja demandis al la nevo. Ŝi servis lin. Videble ankaŭ ŝia vizaĝo esprimis provon analizi la incitan misteron. Sed ŝiaj pensoj iris alivoje.

«Mi meditis pri Fortaroko», ŝi diris. «Vi sciu, Jano, kiam vi parolas pri pruvo ke ili ne kulpas, vi troigas, miaopinie. Fakte ni ne scias ĉu ili diris la veron.»

Karal rakontis al Stefano pri la restoracia bendo.

«Efektive», la junulo komentis. «Se ŝi kulpus kune kun la privata detektivo, eble por forkuri ien kun li, dum la edzo suspektas nenion, ŝi povus uzi tiujn samajn vortojn. Ili staras ekstersuspekte nur se ambaŭ diras la veron. Se unu el ili trompas la alian, li aŭ ŝi ne povis paroli alimaniere sen malkaŝi sian krimon.»

«Vi pravas. Mi scias ke vi pravas», Jano ĉagrene diris. «Sed mi ne ŝatas vian diron. Neniam eblas forstreki iun tute certe el la suspektolisto ...»

Karal alvenis senbrue. La kvar viroj estis tiel absorbitaj de sia diskuto ke ili ne aŭdis lin. Ili sidis ĉe liberaera kafejo kun bela vidaĵo al Tjazo kaj la montoj. La lokaj policistoj antaŭe konigis al Jano la kutimon de tiu kvaropo unufoje semajne kuntrinki tie aperitivon, kaj li decidis profiti de la okazo. Li silente sidiĝis sur seĝon malantaŭ ili, kaj streĉe aŭskultis.

«Mi preferas tion», tenoris Rijoka. «Kiam vi komencis konfesi en mia ĉaledo, mi vere ektimis. Mi ĉiam rigardis danĝera vian guston por krimromanoj. Kaj tamen mi ne kapablus vidi krimulon en vi.»

Ili momente silentis. Karal rimarkis ke ili rondpasigas fotojn.

«Ĉi tiu stas bonega!» diris unu. «Rigardu, Cezaro, vi nepre devos meti ĝin.»

«Bonega, efektive», respondis naza voĉo. «Jes. Mi metos ĝin en mian libron.»

«Kion vi opinias?» demandis etulo, kiu, kun tre nervaj gestoj, tiris el sia teko la fotojn kiuj rondiris. «Ĉu vi vendos pli da ekzempleroj se la afero estos solvita, aŭ se ĝi restos neklarigebla?»

«Mi min demandas», respondis la nazvoĉulo. «Unuflanke, estas io frustra en sensolva mistero; aliflanke, mistero sensolva estas pli mistera. Mi min demandas ĉu mi ne preferas ĝin nesolvita.»

«Ĉiaokaze, ne dependos de vi, sed de la polica kapablo», diris Rijoka. «Kaj ĉi-foje ĝi ne montras sin tre lerta. Ŝajnas al mi ke ĝi paraliziĝas en plekto el kontraŭdiroj kiel muŝo en araneaĵ'.» Kaj li ekridegis sian sonoran ridon.

Karal opiniis la momenton oportuna. Li ekstaris senbrue kaj alproksimiĝis al la tablo.

«Sinjoroj, jen precize ano de la polico ĝojus diskuti kun vi. Ĉu vi permesas?» li diris amikiĝeme.

La kvaropon videble surprizis tiu subita alveno, sed ne longe. Jam la spicisto premis la manon de Karal, dirante:

«Ni jam renkontiĝis ĉe mi. S-ro... Pardonu, mi forgesis vian nomon.»

«Karal. Jano Karal. Kiel vi fartas?»

«Bone, dankon. Permesu ke mi prezentu la plej petolajn bubojn el la grupo kiun mi tiufoje priskribis al vi. Cezaro Birman, libristo.»

La nazvoĉulo manpremis. Li estis mezgranda, kun ronda vizaĝo en kiu okulvitroj kvazaŭ okupis ĉefpozicion.

«Julio Safir, drogisto.»

Rea manpremo, ĉifoje al granda forta dikulo, ruĝvizaĝa, kiu ŝajnis sub konstanta premo de seneliraj fortoj.

«Mateo Sanktajana, fotisto.»

Ĉi tiu estis eta nervulo kun frunto tre sulka. Iel, li pensigis Janon pri koboldo.

«Mi ne volas esti maldiskreta,» mensogis Karal, kiam ĉiuj ree sidis, «sed vi prezentis s-ron Birman kiel libriston. Ĉu librovendiston aŭ libroverkiston? Mi alvenante nevole aŭdis frazon kiu starigis dubon en mi.»

«Vi tute ne maldiskretas», respondis Cezaro Birman. «Mi estas triobla, speco de Sankta Triunuo...» – Rijoka ekridis

134

– «profesie librovendisto, ŝatokupe librovoranto, fantazie libroverkisto.»

«Kaj kiajn librojn vi ŝatus verki?»

La ronda vizaĝo ridete montris parte oran dentaron.

«Librojn pri krimo. Tial min ĵus tiklis premi la manon de aŭtenta policano.»

«Krimlibrojn, vere? Ĉu romanojn?»

«Jes, romanojn. Sed ankaŭ historie verajn rakontojn. Mi trovas krimologion fako ege interesa.»

«Li planas verki serion,» diris la eta fotisto, «kiu nomiĝus: ‹Krima Kroniko de Sanktavalo›, pri la krimoj kiuj okazis kaj okazas niaregione.»

«Estas por fortimigi la turistojn», Rijoka klarigis, kaj lia ridego komunikiĝis al ĉiuj ĉeestantoj. «La Sankta Valo de Tjazo multe tro famas per sia dolĉa vivo kaj la plaĉa amika sinteno de la loĝantaro. Tial turistoj venas pli kaj pli, kaj ni ne plu sentas nin hejme. Se Cezar' publikigos kronikon pri la krimoj, la turistoj timos kaj restos for. Ili komprenos ke nia famo stas tute simple mita.»

«La domaĝa afero pri Cezar', se vi volas sinceran opinion,» diris Julio Safir, «estas ke se mankos krimoj, li mem intencas efektivigi kelkajn, por plenigi sian kronikon. Kaj kun sia tordita-plektita menso, li kapablus elpensi sistemojn tiel makiavelajn ke neniu ilin iam ajn malimplikos.»

Karal sin demandis ĉu tiu diro ne kreos embarason, sed Rijoka ne lasis al ĝeno la tempon enŝoviĝi: li eksplodis per rido komunikiĝema, kaj amike frapis al la drogisto sur la dorson, ride ripetante:

«Certe, certe. Hahahaha! Ej, Cezar', pafe-trafe, ĉu ne? Hahahaha! Certe, certe, certe, certe.»

«Nu,» diris Karal, «se la nomo Cezaro Birman okulumos al mi de sur libro montrofenestra, mi nepre aĉetos la verkon. Vi ne imagus,» li okulumis, «kiom la sanktavalaj krimoj min interesas!»

Rijoka ree ridis. Ŝajnis ke kiam li atingis la finon de ridondo, nova ondo leviĝis el la profundoj, kiel ondoj sekvas unu la alian borden el la vasto oceana.

«Sed vi ne vidos mian nomon», la libristo respondis kun petola brilo en la okulvitroj. «Mi uzas pseŭdonomon.»

«Ĉu vere, kial?»

«Modesteco, verŝajne», diris Rijoka, kiu eligis novan ŝprucon de neestrebla gajeco.

«Li timas ke la klientoj ĉesos viziti lian librejon se ili scios ke tiuj fuŝaj mismoralaj rakontoj idas de li», ŝerce klarigis la eta fotisto.

«Sed», plu petolis Julio Safir, la ruĝvizaĝa drogisto, «lia ruzo ne efikos. Li ankoraŭ ne eldonis la unuan libron el sia fuŝkroniko, kaj jam la tuta urbo scias ke ‹Johán Valano› estas *li*.»

«Diskreton, sinjoroj, diskreton!» Cezaro Birman amuziĝe petegis. «Ĉu eĉ amikoj ne kapablas teni sekreton? Se vi daŭrigos, mi publikigos *La Kriman Kronikon de Sanktavalo* sub alia pseŭdonomo, kaj neniu rekonos min.»

Dum ili ŝerce rivalis, videble laŭ profundradika kutimo de la opo, la rigardo de Karal trafis la fotojn.

«Ĉu ilustraĵoj por via venonta verko?» li demandis la libriston.

«Ĝuste, sinjoro. Rigardu. Ilin faris nia talenta Sanktajana. Ĉu ne mirinde? Ĉu vi iam ajn vidis tian belan portreton de Tereza Jendrik?»

Jano kontemplis la foton. Ĝi efektive estis admirinda. Belega foto de belega virino kun nevasta, iom zorga frunto, vizaĝo kadrita de plej plaĉa hararo, bruna kaj onda.

«Mateo vere talentas», diris Julio Safir. «Li sukcesas reliefigi la ĉefajn karakterizojn de tipa esprimo, tamen montrante la personon sub plej bela aspekto. Rigardu ĉi tie: tiun iom turmentan, kulposentan esprimon Tereza Jendrik ofte havis. Sed li ankaŭ sukcesis kapti ŝian nekontraŭstaran, konfliktofuĝan sintenon. Oni sentas, ĉu ne?, ke ŝi ĉiam diras jes.»

Efektive, tiujn du tendencojn oni perceptis el la foto. Karal ĝojis vidi la bildon. Li jam vidis foton de la forpasinta riĉulino – unu troviĝis en la dosiero kunmetita de la loka polico – sed ĝi ne akcentis ŝian personecon kiel tiu ĉi.

Li rigardis la tutan serion. Kelkaj fotoj montris la arkitekton, bone substrekantaj ties batalemon kaj harditecon, ties guston al potenco. Sur alia vidiĝis la du paroj Jendrik, kaj okulfrapis la kontrasto inter la du fratoj kaj la du edzinoj. Mildaj aperis Jankarlo kaj Tereza, duraj Dora kaj Aleksandro.

«Nu, stas tempo foriri», Julio Safir diris rigardante la muran horloĝon, kaj li stariĝis.

«Mi iras kun vi», eĥis Rijoka.

Karal rigardis Cezaron Birman. Ĉi tiu iom hezitis. Ŝajnis ke li deziras babili kun la detektivo, sed tion samtempe timas.

«Ho jes, jam malfrue fariĝas», rimarkis la nerva Sanktajana, remetante la fotojn en sian nigran tekon.

«Mi ŝatus iom paroli kun vi,» diris Karal al la libristo, «ĉu ĝenas se ni restos iom pli ĉi tie? Tiu ĉi loko estas vere agrabla.»

«Konsentite», jesis Birman, dum la aliaj adiaŭis kaj foriris. Li aspektis senpezigita.

«Parolu al mi pri tiu ebleco mortigi iun per aŭtoakcidento sur la vojo al Monto Baruna. Eble la reala murdisto havis la saman ideon.»

«Se mi planus murdi iun,» Cezaro Birman diris serioze, «mi ne rakontus la aferon al grandaĝulino meze de plenplena restoraci'.»

«Mi ne diris ke vi planis iun murdi,» Karal emfazis, «sed mi ŝatus koni la eblecojn pri kiuj vi pensis. Kiel vi havis la ideon?»

«Veturante al Monto Baruna. Estas tiu loko kie rubo el defalo nun kovras preskaŭ komplete tutan porcion el la vojo, ĝuste ĉe harpingla ĝirej'. Mi devis retroiri, reiri antaŭen, retroiri, reiri antaŭen, trifoje tiel manovri por povi preteriri tiun rubon. Poste estas tiu forta deklivo malsupren. Nu, mi pensis – mi intencis meti tion en krimromanon kiun mi volis verki, sed nun ĉiuj diros ke mi kopiis la realon – ke se ĉe ĉiu retroiro io iom pli fuŝiĝus en la motoro, eble oni povus uzi poste la forton de tiu deklivo por kaŭzi akcidenton.»

«Iom malpreciza, via sistemo, ĉu ne?»

«Efektive. Ĝuste tio estas mia manko. Mi ne estas teknikisto. Estis nur ideo kiun mi eĉ ne havis tempon prilabori.»

«Ĉu vi parolis pri via ideo al iu krom la maljuna fraŭlino?»

«Ne. Al neniu. Mi eĉ dubas ĉu oni povas tiri ion praktikan el ĝi. Jen mia kompatiga sorto: ideoj svarmas miakape, sed mi ne havas praktikan rigardon al la aferoj, kaj ili ĉiam montriĝas fakte neuzeblaj.»

«Vi, kiu kutimas rezoni pri krim-aferoj, kion vi opinias pri la morto de la Jendrik-paro?»

«Ej, ĝi ofendas mian trovemon. Mi eĉ provis rezoni pri ĝi jenmetode: mi supozu ke tiuj estus la faktoj por krimromano kiun mi verkus, kiel mi solvus la problemon? Sed mi ne vidas. Pro malespero mi eĉ provis imagi ke estas mi la kulpulo. Komence ne iris malbone. Mi trovis motivon: senigi Valmuon je tiu urbokripliganto; mi trovis armilon: meĥanikan intencan difektadon; mi trovis manieron: subaĉeti la albanon por ke li elpensu solvon al la teknika problemo (tiu rimedo estas des pli sekura ĉar la loĝantoj pensas kliŝe pri la albanoj kaj ilia fama honorkodo: ju pli oni diros ‹tio ne kongruas kun la agmaniero de la albanoj›, des malpli oni min suspektos); mi trovis okazon: mia albana kunkulpulo havis tri horojn por apliki sian teknikan solvon...»

La libristo subite paŭzis.

«Mi vin admiras», diris Jano. «Via kazo estas preskaŭ perfekta. Kio mankas al ĝi?»

«Pruvo. Sen pruvo miaj teorioj disfalas en la ruinon de nereala cerbumaĵo.»

«Kial ne pruvi per konfeso?» Karal akre demandis.

Li havis la impreson ke ili streĉe ludas ludon dunivelan, en kiu neniam scieblis ĉu oni komedias aŭ parolas pri veraĵoj, ludon des pli seriozan ĉar, por unu ludanto, ties vetaĵo estus dumviva mallibero.

«Konfeso? Jes. Mi eĉ pensis pri tio. Sed ĝi ne estus vere konvinka. Finfine, mia motivo ne estas sufiĉe serioza. Neniu iam ajn kredos ke bubo el Vinstrato iris ĝis murdo por savi malnovajn murojn, eĉ se varme amataj. La projekton de Jendrik oni povas kontraŭstari per tiom da pacaj rimedoj! Ni ankoraŭ ne aranĝis manifestacion, ekzemple. Murdo neniam praviĝus, sed ĉefe ĉi-stadie ĝi ŝajnus nekredebla fantaziaĵo.»

«Nu, precize ĉar ĝi estas nekredebla ĝi povus sukcesi kaj resti nepunita, ĉu ne?»

«Ĉu vere? Sed estas aliaj malfacilaĵoj. Se Jendrik, repreninte la aŭton, decidus iri alidirekten, la tuta plano ruiniĝus. Ke la motoro misfunkciu post kelkaj retroiroj estas interesa ideo, sed praktike sengarantia, kaj sekve neuzebla. Kaj finfine la albano restus problemo. Neniu kredus ke mi sukcesis subaĉeti lin. Iun alian, eble, sed ne tiun bravan Halim.»

«Kion do vi proponus?»

«Finfine mi min demandas ĉu romantika am-afero ne estus pli verŝajna. Ekzemple ke s-ino Jendrik, deprimita, decidis morti sed samtempe, venĝocele pro iu ama trompo, tiri ankaŭ la edzon almorte. Se ŝi pikis lin per venena pinglo dum...»

La ŝatanto de detektivromanoj aperis ekzaltita, kvazaŭ lin fascinus la propra hipotezo. Ĉu ĉi-lasta eris en la subtila ludo? Sed Karal forviŝis la venensupozon preskaŭ kolere.

«Kial ŝi farus tion dumveture?» li diris senpacience. «Estus pli simple en la propra hejmo.»

«Sinjoro policano,» Birman ŝerce riproĉis kun troiga, teatra esprimo, «vi ĉiun revon krevigas. Ĉu vi ne postulas pli da racio ol troviĝas en la karnaj homoj? Tamen sendube vi pravas. Estas malesperige. Neniam mi trafas kontentigan solvon.»

Li ekstaris subite.

«Tio naŭzas min», li diris, kun videbla ironio sub kiu io pli serioza diveniĝis. «Mi foriras.» Kaj salutinte li malaperis, lasante Janon ŝancelita, kvazaŭ post neatendita pugnobato. La detektivo havis la saman impreson kiel post la konversacio kun Halim, ke ne eblas difini ĉu temas pri ekstreme lerta ruzulo-komedianto, aŭ pri simpla bubanimo, purkora kaj naiva.

«Strange», li prononcis, rigardante fikse antaŭ sin. Sur la vakua ekrano de lia menso obsede stampiĝis la portreta vizaĝo de Tereza Jendrik.

27

La foto estis demandostariga. Necesis ĝin turni orienten. Tio estis la malfacilaĵo: ĝin taŭge orienti. Meze sidis s-ino Tereza Jendrik kun ĉiuflanke unu infano. Unu estis knabino vestita kiel Vilma Fortaroko, sed tute ne estis ŝi. La alia estis Stefano, vestita per elegantaj vestoj, kiajn li neniam surhavis. Li strange similis s-inon Jendrik. Sed kial estis tiel malfacile orienti la foton?

Tiu sonĝo ankoraŭ tre klaris en la menso de Jano kiam li vekiĝis. Li rapidis ĝin noti, ĉar li sciis ke sonĝoj disfibriĝas for post mallonga daŭro se oni ne fiksas ilin tuj surpapere.

Voĉo lin tiris el la revo.

«Ĉu vi iros al Valmu hodiaŭ?» Ĝoja demandis.

«Jes, tuj post la matenmanĝo.» Kaj li ekscitiĝe aldonis: «Ĝoja, mi sonĝis!»

Li neniam kuraĝis diri ĝin eĉ al Remon, al kiu li tamen sentas neordinaran konfidon. Sed fakte estas ke ĉe Jano funkcias stranga mensa procezo. Fine de enketo, li preskaŭ ĉiam faras sonĝon kiu lin impresas kaj el kiu notiĝas detaloj nesufiĉe atentataj ĝis tiam, kvazaŭ li nekonscie registrus aferojn kiuj, se neglektitaj maldorme, uzas la vojon de sonĝo por iĝi rimarkitaj.

«Kio estis en via sonĝo?» Ĝoja demandis.

«Temis pri orientado. Tion verŝajne sugestis la konflikto pri la albanaj tomboj. Ankaŭ pri la foto de s-ino Jendrik. La sonĝo estis preciza, sed nun mia memoro nebulas.»

«Ĉiaokaze ĝi indikas ke vi devus scii pli pri la tombo-orientado.»

«Efektive, iu faris al mi mencion pri tio. Kiu? Ĉu la loka polico? La maljunulo ĉe la restoracia bufedo? Kiu alia? Ne, estis io pli preciza. Diable! Se mi nur rememorus...»

Dum li aŭtis al Valmu, la memoro revenis. La mencion faris la sicilia pastro dum ilia unua renkontiĝo.

Karal subite paliĝis. Ŝajnis ke li duonvidas eblan solvon al la problemo. Almenaŭ ĝi taŭgus kun la respektivaj karakteroj, kio jam estus multo. Kelkajn punktojn neglektitajn nun necesos kontroli.

«Jen», diris Ĝako, trovinte la petitan raporton. Karal direktis scivolan vizaĝon al li. La loka policisto klarigis:

«Efektive, tombo estis reorientita Mekken dum la nokto de sabato la 3-a. La laboro estis frue farata kaj farita. Estas la sola kazo kiam ni ricevis indikon pri la tempo. Alifoje, ni matene konstatis ke la albanoj venis ŝanĝi la orientadon dumnokte, sed ni havis neniun ideon pri la horo. Ĉi-okaze, la tombeja gardisto estas certa ke ĉio estis en ordo je la sesa posttagmeze. Je la deka ebriulo telefonis al ni ke la tombo – provizoraĵo por ĵus enterigito – kuŝis ne laŭlinie. Li stas duonfreneza viro kiu pretendas poeti kaj kiu serĉis inspiron en la tombejo tiunokte. Nu, li estis ebria, sed Nestoro rapide iris kontroli, kaj konstatis ke li pravas.»

«Estas strange fari tian laboron tiel frue en la nokto», Karal komentis. «Ili multe pli riskas esti vidataj, ĉu ne?»

«Fakte, ne», la uniformulo respondis. «Neniu vizitas la tombejon post noktiĝo. Neniu atentos bruon tie, kaj tia laboro fariĝas tre diskrete. Krome, la trafika bruo eĉ pli kovras la eventualan manipulon de laboriloj aŭ la parolojn tiuhore ol pli malfrue en la nokto, kiam ĉio ĉie silentas.»

«Efektive, jes, mi ne pensis pri tio. Nu, dankon. Kaj nun, mi ŝatus liston de la personoj kiuj klientas ĉe Ejga-Garaĝo, ĉar...»

Estis kvarono antaŭ la sesa vespere. Pluvis regula monotona pluvo jam plurajn horojn nun. Aŭtisto haltigis sian veturilon antaŭ la garaĝo kaj petis benzinon. Stefano iris ĝin doni.

«La polico plu suspektas ion pri via garaĝo, ŝajnas», diris la kliento, dum Stefano plenigis la benzinan rezervujon.

«Ĉu vere?» la junulo demandis.

«Jes! Policisto ĵus telefonis al mi por demandi ĉu mi aĉetis benzinon ĉe vi la sabaton kiam tiu Jendrik mortis. Mi respondis ke jes. Ili volis scii kiu min servis. Kion ili imagas? Kiel mi povus memori ĉu estis vi aŭ iu via kolego? De unu fojo al alia estas tamen ĉiam la samaj vizaĝoj, ĉu ne?»

«Efektive. Tiu polico! Bando da nekapabluloj, miaopinie!» diris Stefano, tuj bedaŭrante sian esprimon kaj esperante – post la freŝdataj juĝistaj admonoj – ke ĉi tiu kliento ne rilatas iamaniere kun la aŭtoritatoj.

La kliento pagis kaj forveturis. Stefano rigardis sian brakhorloĝon, ĉar estis lia vesperdeĵora tago. «Ankoraŭ iom pli ol du horojn kaj duonon», li murmuris al si sin turnante. Surprizite li konstatis ke malantaŭ li staras Halim, iom pala, kun stranga nedeĉifrebla esprimo. Tiu rapidmove foriris kaj proksimiĝis al Petro.

Nemultaj klientoj venis ĉi-hore. Stefano trovis iom stulta la nepran insiston de la mastro ke la garaĝo restu malfermita ĝis la oka kaj duono. Ĉu ĝi ne kostas pli, salajre, ol ĝi enspezigas? Sed por s-ro Alsjo estis maniero reklami.

La junulo sidis interne aŭskultante sian transistoran radion. Li rigardis la horloĝon. Estis la horo fermi. Li mallumigis, kaj komencis malsuprenigi la pezan ferkurtenon, kiam li aŭdis kurajn paŝojn en la pluvo. Virina voĉo vokis: «Stefan'!»

Estis Ana, refoje senspira.

«Stefano, venu tuj, mi timas, mi iris al la loĝejo de Petro. Lia pordo estas ŝlosita, sed estas lumo interne. Neniu respondas. Mi devis viziti lin ĉi-vespere. Li estis tiel stranga la lastan tempon. Fumis, drinkis. Vi scias, ĉu ne? Mi timas, venu. La pordistino vidis lin eniri, sed ĵuras ke li restis ene. Se li elirintus, ŝi estus vidinta lin, ĉar ŝi restis la tutan tempon en la enirejo helpante la edzon ripari mi-ne-scias-kion.»

La juna viro estis impresita. Li ne povis forgesi la strangan esprimon de Halim, kaj ties rapida iro al Petro post kiam li provizis klienton per benzino. Li ŝlosis la garaĝon kaj ŝin akompanis. Ili tamburis sur la pordon, sonoris, vokis. Okazis nenio.

«Mi tuj informos la policon», li diris. «Eble estas nenio, sed se li atendis vin ĉe si...»

Li kuris for.

Policisto baldaŭ alvenis kun seruristo. Ili malŝlosis la pordon. Estis unuĉambra loĝejo kun apartaj kuirejeto kaj minimuma banĉambro. Petro kuŝis surlite. La policisto tuj kaptis lian manradikon, kaj faris unue dubeman grimacon, poste uf-spiron. La pulso malfacile percepteblis, sed la junulo estis ankoraŭ viva.

Sur tableto apudlita troviĝis noto, skribita per strange deprimita mano:

Mi ne plu povas elporti la streĉon. Mi uzas la solan eliron: meti finon al mia vivo. Estas mi kiu aranĝis la akcidenton. Adiaŭ, ĉiuj. Mi havis fuŝitan vivon pro ŝi kaj pro li. Ili igis mian patron kaj fratinon sin mortigi, mian fraton vivaĉi en frenezulejo, kaj min sperti vivon senelire grizan. Dio min pardonu.

Dum Petron oni kondukis hospitalen, Jano Karal alvenis. Li rapide trarigardis la etan loĝejon. Sur la tablo troviĝis familia fotoalbumo, kun multaj fotoj sur kiu bone rekoniĝis Tereza Jendrik, multe pli juna ol nun, kun maldika, fajnatrajta viro kaj unu, du aŭ tri infanoj.

Apud la albumo kuŝis dika kajero malnovstila, plena je belskriba verkaĵo. Karal ĝin eklegis. Estis taglibro kiun verkis antaŭ multaj jaroj instruisto de elementa lernejo. La unuaj paĝoj banalis, kaj ili rapide tedis Janon, kiu ĉesis ĉion legi kaj nur foliumis. Sed subite la skribo fariĝis malregula, ateste pri fortega psika perturbo, kaj alia papero, kovrita de alia skribo, estis tie gluita. La detektivon tiuj ĉi paĝoj katenis per vigla intereso. Jen la koncerna teksto:

> *Mi promesis al mi skribi ĉiutage en tiu ĉi kajero kaj mi tenos la mempromeson, kvankam hodiaŭ mi ne povas. Mi ne plu ekzistas. Mian animon okupas nur kompleta vakuo. Mi ploras. Mi ne scias kion skribi. Ke ekzistas tiaj profundoj de homa doloro, mi antaŭe neniam imagis.*
>
> *Mi revenis hejmen, laca, sed ne malkontenta. «Tereza!» mi vokis. Sed la apartamento estis strange silenta. El ŝia iama ĉeesto restis nur unu spuro, jene:*

Ĉi tie estis gluita la sekvanta noto:

Kara,

Vi trovos min fia, terura, senmorala, kaj vi pravos. Sed mi ne eltenas plu. Mi foriras. Vi estas ĉiam for, en via aĉa lernejo. Dume, mi okupiĝas pri la dommastrado kaj pri tiuj tri infanoj kiuj suĉas mian tutan energion, mian tutan forton.

Ĉu mi ne rajtus vivi? Ĉu ne estus normale ke mi vivu ankaŭ por mi?

Estas momentoj kiam tiuj infanoj tiom pumpas mian nervan energion ke mi sentas emon ilin mortigi.

Kion vi alportas al mi el via griza lernejo? Ĉu amon, ĝojon, aŭ eĉ salajron respondan al la rajtaj deziroj de moderna virino? Ne. Vi alportas lacon kaj zorgojn, kvazaŭ mi ne havus sufiĉe da ili ĉi tie, enkarcerigita en senluma vivo kun miaj tri idoj.

Mi ne elportos pli longe. Mi foriras. Eble mi estus restinta, sed prezentiĝis okazo. Kiam tia okazo alvenas, estus freneze ĝin ne kapti. Mi konatiĝis kun viro, bela, energia, riĉa, kun interesa profesio (arkitekto). Ni amas unu la alian. Ni foriras kune. Vi neniam scios kiu li estas, kien mi foriris. Li havas tiom da mono kaj da konatoj, kaj sekve posedas tiom da povo, ke li sukcesis aranĝi novajn nomon, identecon, eĉ falsan pasporton por mi. Serĉu kiom ajn, vi min ne retrovos.

Mi havis elekton inter du eblecoj: plu vivi kun vi grizan ekziston fortoraban, aŭ vivi kun li brilan vivon de riĉulino, romantikan amon, interesajn spertojn. Inter sklaveco kaj libereco, ĉu eblas elekti?

Mi konfidis la du etulojn al la vartejo «Gaja Suno»; ili urĝe akceptis ilin por unu semajno: mi diris ke mi devas enhospitaliĝi por tuja operacio; mia amanto jam pagis por la tuta semajno. Johana estas ĉe sia onklino Katarina. Mi uzis la saman pretekston. Tiel vi havos tutan semajnon por organizi la vivon sen mi.

Fartu bone!

Tereza

Post ĉi tiu mesaĝo la taglibro plu lamentadis:

Ŝi ne povas elteni! Kaj mi? Ĉu mi povos? Kiel ŝi povis tion fari? Ĉu ŝi ne havas koron? Ĉu la propraj infanoj signifas por ŝi nenion? Johana, Luko, Petro, kiel oni povas vin forgesi tiel krude? Johana, Luko, Petro, miaj infanoj, kio okazos al ni?

Mi sonĝas. Ne estas eble alie. Estas peza premsonĝo, nenio pli. Baldaŭ mi vekiĝos kaj ŝi reestos apud mi.

Tiel daŭris dum paĝoj kaj paĝoj. Lamenta plendo de homo kies vivo perdis ĉian sencon. Komence li skribis ke ne estas por longe, ke ŝi havis specon de pasia ekfajro kiu baldaŭ estingiĝos, kaj ŝi revenos, humile pardonpeta. Tiam li pardonos al ŝi kaj ili denove feliĉos.

Sed la monatoj pasis kaj ŝi ne revenis, ne skribis. Li informis la policon ne menciante la noton, ĉar li tro hontis. La polico nenion trovis. Fine li sendis la infanojn al parencino, kaj plonĝis morten. Per la anonco pri tuja sinmortigo la taglibro finiĝis.

Petro sidis en apogseĝo, kun stranga, indiferenta esprimo kaj maniero sin teni kvazaŭ li volus envolvi sin en sin.

‹Tiu reprovos sin mortigi je la unua okazo›, Karal pensis. Laŭte li demandis:

«Sed kiel la ideo venis al vi?»

«Mi delonge pensis pri venĝo», la juna meĥanikisto respondis. «Miaj infanaj revoj obsede temis pri tio ke mi mortigas mian patrinon kaj ŝian ulon, kaj ĉerpas triumfan ĝuon el la venĝo. Mi ĉiam pensis ke iutage mi retrovos ŝin kaj ŝin humiligos, ŝin devigos rampi surgenue antaŭ mi kaj peti pardonon, petadi pardonon. Kaj la pardonon mi rifuzos.»

«Per akcidento vi senigis vin je tiu ĝuo!» Jano rimarkigis.

Petro ĵetis al li akran rigardon.

«Mi ne plu estas infano. Mia revado evoluis. Fakte la ideo venis al mi de Cezaro Birman, la libristo. Li sidis en restoracio kun iu maljunulino, kaj mi sidis ĉe la apuda tablo. Li menciis planon de krimromano kiun li elpensis.»

«Ĉu vi tuj decidis ĝin apliki?»

«Tute ne. Sed ĝi registriĝis en mia menso. Li diris ke aŭtante al Monto Baruna, li rimarkis ke ĉe la ĝirejo, kie okazis la terfalo, la rubo kiu okupas la tutan ŝoseon devigas iri laŭ angulo tiel akuta, pli ol harpingla, fakte, ke oni devas multe manovri: necesas retrostiri, reiri antaŭen, retrostiri refoje ĉiam turnante la stirradon, reiri antaŭen kaj retro-stiri trian fojon por povi pasi preter tiu rubamaso en montvoja zigzagero kun tiel malmulte da spaco por ĝiri. Post tiu loko, la vojo iras supren ĝis la kulmino de Eta Baruna, kaj poste malsupren laŭ forta deklivo ĝis la ĝirejo kiu signas la re-alsupradon sur Granda Baruna.»

«Kaj kie okazis la akcidento de ges-roj Jendrik», Jano diris kompletige.

«Ekzakte», la juna viro jesis. «Ĝuste pro tio, kion Birman diris. Li klarigis ke oni havus perfektan krimon se oni eltrovus sistemon malhelpantan ke la bremsoj funkciu, sed aranĝitan tiamaniere ke la bremso-inhibo okazu nur post tri retrostiroj.»

«Kaj tian sistemon vi imagis?»

«Jes. La ideo de Birman impresis min. Mi fantaziis meĥanismon per kiu la bremsosistemo funkcius nur depende de regilo fiksita per tri sekurpecoj tiamaniere ligitaj al la rapidumstango ke ĉiufoje kiam oni metas tiun sur retroiran pozicion, unu el la eroj malkroĉiĝas. Post tri retrostiroj, la tri sekurigiloj estas malkroĉitaj kaj la bremsoj ĉesas funkcii. La granda avantaĝo de tiu sistemo estas ke oni povas atesti ke la veturilo funkcias normale kiam la kliento ĝin reprenas el la garaĝo, kaj ke la bremsoj estas normalaj komence de la vojo; alie li ne povus halti ĉe la du interkruciĝoj antaŭ ol komenci la alsupradon sur Eta Baruna.»

«Sed tia sistemo estas neuzebla, ĝi postulas tro multajn hazardojn.»

«Jes. Efektive, mi ne estus aranĝinta la aferon se ne okazus duobla hazardo. Unue, la estro sendis min por ripari aŭton paneintan sur tiu vojo. Kiam mi alvenis al la rubfalo kaj faris tiun trifojan manovron, la vortoj de la libristo kaj mia fantaziaĵo kvazaŭ reaktiviĝis miamense. Tre malofte prezentiĝas tia situacio.»

«Kaj la dua hazardo estis ke Jendrik lasis la aŭton por garaĝa kontrolo tiuepoke, do antaŭ ol la rubo de la ŝton- kaj terfalo estis forbalaita, ĉu ne?»

«Ĝuste. Jendrik telefonis komence de la semajno por demandi kiam li povus lasi la aŭton. Fortaroko estis for, kaj respondis mi. Estis malfacile trovi taŭgan tagon. Finfine li diris ke tiu sabato taŭgos se ni konsentos gardi la aŭton ĝis la vespero aŭ ĝis dimanĉo matene, ĉar li bezonos ĝin en la dimanĉa posttagmezo. Sabate, li ien trajnos kaj revenos nur malfrue. Fortaroko tiam reaperis kaj diris ke jes, ni faros tion.»

«Tiam necesis trovi sistemon por devigi lin uzi tiun vojon sabaton dumnokte.»

«Jes. Mi pensis pri tio kaj sendis ĉantaĝan leteron, certa – pro la nuna atmosfero en la urbo – ke li obeos ĝin. Mi sciis per Ana ke la ReVaanoj jam sendis anonimaĵojn al li, kaj kelkfoje kunvenas en la ĉaledo de Rijoka tie supre.»

«Sed vi ne estis certa ke *ambaŭ* ges-roj Jendrik iros?»

«Ne. Mi provis redakti la anoniman leteron tiel ke ŝi sentu emon akompani lin. Sed se nur li mortus, mi jam estus tre kontenta, kaj poste mi decidus pri ŝi.»

«Ĉu vi pensis ke li povus uzi la manbremson?»

«Jes, ankaŭ tiu estis malkonektita.»

«Ĉu vi ne havis dubojn pri via sistemo?»

«Ne. Mi estas bona meĥanikisto. Komence mi ne estis certa kaj provis ĝin, kiam mi deĵoris sola post la sesa posttagmeze, ĉe aŭtomobiloj kiujn oni petis nin vendi brokante. Mi provis, kaj perfektigis la sistemon.»

«Sed kiel vi planis ĝin aranĝi en la veturilo de Jendrik?»

«Mi intencis peti al Halim interŝanĝi kun mi la vesperan deĵoron. Ni ĝenerale estas tre trankvilaj por fari kion ni volas tiutempe. Mi pensis ke tiel mi mem redonos la veturilon al s-ro Jendrik kaj demandos kiadirekte mi elirigu ĝin, ĉu urben, ĉu monten. Se li dirus ‹urben›, mi pretekstus lastminutan kontroleton kaj forprenus mian sistemon. Se li dirus ‹monten› mi simple lasus ĝin.»

«Sed oni estus suspektinta vin tuj!»

«Jes kaj ne. Vi tuj suspektis kolegon Halim, ĉu ne? Sed ĉu vi arestis lin? Mia reputacio estas same bona kiel lia. Kian motivon vi imagus? Mi ne estus konservinta la taglibron hejme se estus ia rekta suspekto kontraŭ mi. Kiel vi povus scii pri mia rilato kun...» – li havis dum sekundero vizaĝtordan esprimon – «... kun mia patrino?»

«Sed mi antaŭvidis bonan planon», li plu klarigis post paŭzeto. «Mi estus dirinta ke iu vokis min telefone, asertante ke li parolas nome de Ana Rijoka, ke ŝia aŭto paneis dum ŝi veturis al la familia lignodomo, kaj ke ŝi petas min urĝe veni ripari. Mi estus aldoninta ke mi foriris en la riparveturilo, kaj revenis tri kvaronhorojn poste ne trovinte ŝin. Tio lasus tempon dum kiu Fortaroko, Stefano, iu ajn povus veni kaj fuŝi la bremsojn. Ĉar Ana Rijoka dirus ke ŝi ne iris tien nek paneis, ĉiuj konkludus ke iu vokis min for intence por saboti la aŭton. Kiel vi povus pruvi mian kulpon? Eĉ se vi akuzus min, bona advokato persvadus la ĵurion ke estas dubo pri mia kulpeco. Se, en raciaj limoj, dubo restas, la ĵurio ne rajtas deklari min kulpa pri murdo.»

«Efektive, ni havus fortajn suspektojn, sed ne sufiĉajn por konvinki ĵurion.»

«Mi sciis pri la anonimaj leteroj, mi povis forŝovi la kulpon sur la bubojn de Vinstrato, ĉar ili estas almenaŭ tridek kaj estus neeble ke tridek homoj, pri kiuj oni scias ke ili mortminacis Aleksandron Jendrik, havus taŭgajn alibiojn. Eble eĉ mi povus konvinki anonimletere la policon ke la libristo Birman konceptis la planon, ke li menciis ĝin al maljuna sinjorino certe facile retrovebla, ĉar mi jam vidis ŝin plurfoje en tiu kvartalo. Tiam la polico serĉus kaj serĉus pensante ke estas tiu grupo, sed sen povi fiksi la kulpon sur iu preciza, nek sur la grupo kolektive. Ĉar Ana Rijoka estas filino de ties prezidanto, ŝajnus des pli verŝajne ke ili uzis ŝian nomon por min forlogi.»

«Vi impresas min. Tiu plano eble estus pli bone sukcesinta ol la realigita, ĉar en ĝi pordo estis malfermita al dubo pro via pseŭdoforiro, dum ĉi-foje vi ne lasis tiun eblecon. Kial okazis la planŝanĝo?»

«Plej simple. Halim mem petis min ŝanĝi. Ĵus mortis albano, kiun oni enterigis laŭ la ĝenerala tomblinio. Li volis iri ŝanĝi la orientadon, por meti ĝin al Mekko, inter la oka kaj naŭa, kiam estas nokto sed ankoraŭ trafikbruo. Gravis ke li havu alibion, do li petis min komplete silenti pri la interŝanĝo de niaj deĵorvesperoj. Estis decidite ke li restos ĝis la sepa, kaj ke mi foriros kun Stefano kaj restos ian tempon kun tiu, por ke ĉiuj havu la iluzion ke ni nenion ŝanĝis. Je la sepa mi iris anstataŭi lin.»

«Ĉu vi ne timis ke Halim konfesos la anstataŭadon?»

«Ne. Li ne volis ke iu ajn sciu pri lia partopreno en la tomboŝanĝo. Kaj mi estis certa ke li neniam imagos min kulpa. Mi pensis ke li certe fidos ke la afero finfine solviĝos sen tio ke ni devus priparoli la deĵorproblemon. Ankaŭ li ne povus prezenti al si ke mi havas motivon.»

«Kaj se ni estus arestintaj lin?»

«Mi ne scias kion mi farus. Eble, se vi eligus formalan akuzon, mi konfesus...»

Dum tiu longa konversacio, Karal miris pri la malvarmeco de Balgana. La junulo parolis tute trankvile, kvazaŭ la diskuto ne rilatus al li, kvazaŭ ne temus pri murdo, pri murdo al la propra patrino. Oni eĉ sentis sporade specon de fiero pri la brila elpensaĵo.

«Kiel vi eksciis pri via patrino?» la policano demandis.

«Per Luko, mia frato. Nia fratino menciis ion pri valmua arkitekto al li. Tial mi serĉis laboron en Valmu.»

«Kie vi estis edukata?»

«En diversaj orfejoj. Sed kiam Luko aĝis dek ses jarojn, li fariĝis skizofrenia, kaj oni metis lin en mensmalsanulejon. Li estis rigardata danĝera, ĉar li parolis nur pri mortigi nian patrinon kaj ŝian amanton. Kelkfoje li havis terurajn agresajn krizojn. Jam en la orfejoj ni babilis pri tiu mortigo. Vidu, eble ankaŭ mi estas danĝera skizofreniulo, sed neniu tion rimarkis ĝis nun.»

Kiel malvarme li parolis! Kvazaŭ temus pri nekonato.

«Estas mi,» li daŭrigis, «kiu retrovis mian patrinon en Valmu. Ŝi ne tiom ŝanĝiĝis kompare kun la fotoj kiujn Luko konservis. Kiam mi diris al mia frato kiel ŝi nomiĝas nun, kiu ŝi estas, li petis pli kaj pli da detaloj pri la familio Jendrik. Nur poste mi eksciis kial: li sendis al ili anonimajn leterojn esperante ke ili malamikos unuj al la aliaj. En tiuj leteroj li diris ke ĉiu malfidelas kun iu alia el la familio. Mi foje aŭdis s-inon Fortarokon diri al sia edzo ke Tereza Jendrik konfidis al ŝi en la restoracio ke ŝi ne plu povas fidi Doran, la bofratinon, pro tiu suspekto.»

«Ĉu via frato posedis dokumentojn?»

«Luko? Ne. Nur kelkajn malnovajn fotojn. Sed antaŭ ne tre longe, leĝista-notaria oficejo aŭstralia sendis al mi pakaĵon. Mia fratino, kiu, tre juna, elmigris Aŭstralion, ĵus mortis, kaj ŝi antaŭe petis ke oni retrovu min kaj havigu al mi la fotoalbumon, la taglibron de mia patro, diversajn familiajn dokumentojn, inkluzive de identiga karto de mia patrino, kiun ŝi estis lasinta post si.»

«Ĉu vi scias kiel ŝi faris por ke neniu iam ajn ataku ŝin justice pro forlaso de la geedza loĝloko kaj de la infanoj?»

«Ne. Mi diskutis pri tio kun Luko, mia frato, kiun mi regule vizitas (li ne estas tiel freneza kiel ‹ili› diras). Li pensas ke la arkitekto sukcesis havigi al ŝi falsajn pasporton, identigan karton, naskiĝ-atestilon, familian dokumentaron, ktp, kun alia familia nomo kaj sen mencio ke ŝi havas infanojn. Kiu povas pagi, falsantojn facile trovas. Li edziĝis al ŝi en Usono, kie oni nur ĵuras pri la ĝusteco de la identeco, nomo, naskiĝdato, ktp, sen devi prezenti pruvajn dokumentojn. En Usono falsĵuro estas gravega se malkovrita, sed ili ne intencis resti tie, do ŝi ne riskis multon. Kiam ŝi revenis kun aŭtenta atestilo pri usona edziniĝo, kiu aŭdacus suspekti la edzinon de s-ro Jendrik, filo de la fama Jendrik, frato de alia fama Jendrik...?»

«Kiam vere formiĝis en vi la projekto ilin formortigi?»

«Kiam mi ricevis leteron el Aŭstralio laŭ kiu fakte mia fratino metis mem finon al sia vivo. Amikino ŝia skribis al mi ke ŝi ĉiam malfeliĉis, lasttempe eksedziĝis, i.a. ĉar la edzo volis havi infanojn kaj ŝi nepre ne, kaj fine elektis memmortigon. Tiam mi pensis: mia patro mortigis sin mem, mia fratino mortigis sin mem, Luko estas en frenezulejo kaj mi iris de orfejo al orfejo, de garaĝo al garaĝo, kaj nun mia amatino Ana eĉ ne estas certa ke ŝi amas min kaj parolas pri disiĝo. Kaj kial ni ĉiuj tiel mizeras? Nur ĉar nia patrino nin abrupte forlasis. Mi mortigos ŝin kaj ŝian deloginton. Poste mi mortigos min.»

«Sed se vi intencis ĉesigi la propran vivon, kial vi ellaboris tiun komplikan planon?»

«Eble ĉar mi estas frenezulo kiel frato Luko. Sed eble ĉar ju pli mi pensis ke mi ilin mortigos, des malpli mi pensis ke valoras la penon ilin sekvi inferen.»

«Ĉu vi iam ajn pensis pri la heredaĵo?»

«Mi? Heredaĵo? De k...? De ili? Ĉu...? Sed vi pravas! Mi eble rajtas heredi! Oj, ne. Oni ne heredas de iu kiun oni mortigis. Ne, neniam tiu penso trafis min. Mi estus povinta... Mi pensis ke ne eblas pruvi mian filecon. Cetere, ĝi altirus la suspekton al mi, ĉu ne? Mono fakte ne multe interesas min.»

«Ĉu vi scias ke via patrino komisiis privatan detektivon retrovi ŝiajn infanojn?»

«Kion? Ŝi volis retrovi nin? Ŝi do sentis ankoraŭ ion al ni? Amon? Kiel estus eble? Ne, ne amon, ian sentimentalan scivolemon... Ne, mi ne scias. Ekde sia foriro, se ŝi volis, ŝi povis resti informata pri ni, ĉu ne? Sed ŝi preferis turni la paĝon definitive, vivi kvazaŭ ŝi neniam estus naskinta, rekomenci ĉion de nulo. Ŝi volis forgesi, kaj sukcesis nur perdi la kontakton...»

Jano sin demandis ĉu li rakontus la trompon pri Vilma, sed li decidis ne. Tio povus esti senutile suferiga por la knabo.

«Kaj ĉu la detektivo ion trovis?» demandis ĉi-lasta.

«Nenion, li estis trompulo, ne vere serĉis», respondis Karal pensante: ‹li verŝajne trovis vin, sed estante amiko de Jobo kaj Vilma Fortarokoj, li preferis kombinaĵon kiu lasos al li pli da mono...›

«Ĉu mi povas demandi kial vi eksuspektis min?» scivolis Petro Balgana.

«Vin perfidis via vizaĝo», la polica detektivo klarigis. «Vi havas la saman frunton kaj la samajn okulojn kiel via patrino. Ankaŭ en la haroj estas io simila. Kiam mi tion pensis vidinte belegan portreton de s-ino Jendrik, mi opiniis ke eble tie kuŝas motivo neglektita. Tiam evidentiĝis al mi ke mi neniam ricevis konfirmon pri la fakto ke Halim deĵoris ĝis la naŭa. Ni ĉiam rigardis tion certa ĉar vi ne havis motivon. Sed se vi havas motivon, eble la deĵoroj interŝanĝiĝis. Tiukaze, kial la albano neniam diris ĝin? Eblis hipotezi ke li bezonis mem alibion. Tiam mi ekpensis pri la similtempa tomboŝanĝo. Halim sciis ke ni fakte povas nenion pruvi kontraŭ li, ke ĉiam restus ĉe ĵurio normalmezura dubo, kaj estis saĝe por li nenion konfesi por eviti suspekton pri la tombo-afero. Sed kial vi tamen fine decidis pri sinmortigo?»

«Ĉar mi ne plu elportis la streĉon. Ĉu oni vere povas vivi kun la ideo ke la polico serĉadas onin kaj estas pli kapabla ol oni unuavide pensis? Kaj ankaŭ ĉar Halim diris ke kliento ĵus menciis esploron fare de la polico por scii kiu deĵoris garaĝe la faman sabaton vespere. Tio kaŭzis al mi panikon.»

«Kaj kio pri la eksplodigo de la aŭto?»

«Same. Mi ektimis ke oni trovos la sistemon, aŭ spurojn de ĝi. Mi havis delonge dissaltigan plastaĵon kun la eksplodigilo. Luko ilin fabrikis aŭ akiris tuj antaŭ ol arestiĝi.»

«Ĉu vi bedaŭras vian agon?»

«Bedaŭri, tio signifas nenion. Faritaĵon ne eblas malfari, ĉu? El mia tuta ekzisto, estis la sola periodo dum kiu mi sentis min plenplene viva. Mi havis celon, justecan celon. Mi estis preta je ĉiuj sekvoj. Nun mi ne plu scias.»

Li haltis subite, kun fiksaj okuloj. Li demandis kun objektiveco preskaŭ kortuŝa, al kiu – unuafoje – humileco ne mankis:

«Ĉu mi estas frenezulo?»

«Mi ne povas respondi», Karal diris. «Nur psikiatria fakulo povos diri. Kvankam laŭ mi vi rezonas kun perfekta racio.»

La knabo rigardis antaŭ sin, ĉiam fikse.

«Espereble mi frenezas», li diris.

«Kial?» demandis la policano.

Tiam – plej strange ĉe tia ŝajne senemocia knabo – Petro komencis plori silentajn, kvietajn, neviŝatajn larmojn, tra kiuj li prononcis:

«Mi ŝatus loĝi kun Luko.»

Kaj li turnis al Karal vizaĝon tute novan, ege esprimplenan, sur kiu legiĝis tia profundo de homa kormizero, tia fundo de soleco, ke al la detektivo la okuloj malsekiĝis. ‹Li saniĝas el tutviva, neniam diagnozita psikozo›, tiu pensis.

Kaj li ektremis pensante pri la sekvo.

La fakuloj ja trovos Petron mense sana.

NOTOJ PRI LA TEKSTO

Ĉi tiu tria eldono (2022) sekvas la tekston de la dua eldono (1979) kun la sekvaj intencaj ŝanĝoj.

• Aliaj citiloj estas uzataj: «...» anstataŭ "...", kaj ‹...› anstataŭ '...'. La aŭtoro preferis la ‹unuopajn› citilojn por vortoj pensataj aŭ dirataj de la parolanto al si mem.
• Citaĵo, kiu aperas inter «duoblaj» citiloj, nun konsekvence havas ‹unuopajn› citilojn, jene: «... ‹...› ...».
• La uzado de komoj kaj punktoj apud fermaj citiloj estas normigita.
• La sekvaj unuopaj ŝanĝoj:

1979	2022
dekkvin	dek kvin
me-ĥa-ni-i-kon	me-ĥa-ni-kon
kaj — daton	kaj -daton
la Valĉefa ĉefpolicejo	la valĉefa ĉefpolicejo
petegis,	petegis.
hodiaŭ" Ĝoja demandis	hodiaŭ?» Ĝoja demandis
la vartejo 'Gaja Suno'	la vartejo «Gaja Suno»

meĥanikismon	meĥanismon
dekses	dek ses

Edmund Grimley Evans

www.ingramcontent.com/pod-product-compliance
Lightning Source LLC
Chambersburg PA
CBHW010304100726
47904CB00011B/2746